CW00983144

Pa Kin

Le Jardin
du repos

*Traduit du chinois
par Marie-José Lalitte*

Gallimard

Né en 1904 à Chengdu, la capitale du Sichuan, une riche province de l'ouest de la Chine, fils et petit-fils de mandarins, Pa Kin (de son vrai nom Li Feigan), ressent profondément dès son plus jeune âge les injustices de la société où il grandit. A quinze ans, ses lectures l'amènent à militer pour l'anarchisme humanitaire.

En 1927, il prend le paquebot pour la France où il résidera deux ans. Il y fera ses premières armes d'écrivain avec le roman Destruction qui lui apportera, à vingt-cinq ans, la notoriété. Notre pays restera cher à son cœur. « J'aime, proclamait-il, la France de Rousseau, Voltaire, Marat, Danton, Robespierre, Hugo, Zola, Reclus, Grave, Faure, Romain Rolland. »

Travailleur infatigable, il n'écrira pas moins de dix-neuf romans et quantité de nouvelles, essais, récits de voyage et autobiographiques, articles sans cesse ses activités politiques. Des pièces de théâtre et des films sont tirés de ses œuvres. Après 1949, chargé de responsabilités, il effectue différents reportages. Néanmoins ses ouvrages sont réédités et il reste l'auteur le plus lu en Chine.

La révolution culturelle ne l'épargnera pas : sa maison est occupée par les gardes rouges, la clef de sa bibliothèque confisquée, sa famille dispersée ; lui-même doit paraître à des séances de critiques où il est abreuvé d'humiliations puis partir dans une « Ecole du 7 mai », euphémisme pour camp de rééducation, tandis que sa femme, atteinte d'un cancer, se voit refuser toute aide médicale et meurt loin de lui.

L'orage passé, Pa Kin, dès 1973, se remet au travail. Il traduit Terres vierges de Tourguéniev et les Mémoires de Herzen. Il cultive le projet d'un roman sur la persécution des intellectuels mais ses activités politiques, il est à nouveau député, et ses responsabilités littéraires, lui en laisseront-elles le temps ?

Le Jardin du repos est un court roman où, sur un fond de poétique tristesse, se mêlent fraîcheur et tendresse. Là encore, Pa Kin nous présente l'étude d'une famille, une famille fortunée mais décadente avec son petit monde de serviteurs qui sont autant de figures touchantes et, une fois de plus, l'auteur nous laisse entrevoir son amour des humbles.

Ayant accepté l'invitation de son ancien condisciple Yao à résider dans le pavillon du Jardin du repos de sa propriété, un écrivain renommé mais pauvre découvre peu à peu, sous l'apparente entente harmonieuse de ses hôtes, leurs difficultés, leurs souffrances et, même, le secret déchirant d'un enfant. En 1957, Pa Kin, recevant chez lui Etiemble à Shanghai, exprima le vœu que Le Jardin du repos et Nuit glacée soient traduits en français. Je suis heureuse aujourd'hui d'avoir pu pleinement réaliser ce souhait.

M.-J. L.

Au professeur Etiemble,
qui, pour Pa Kin, fut l'ami constant
des bons comme des mauvais jours,
je dédie cette traduction.

AVERTISSEMENT DE LA TRADUCTRICE

Les mots chinois apparaissant dans ce texte ont été transcrits d'après le système Pinyin *mis au point par la République Populaire de Chine en 1958 et actuellement utilisé sur le plan international. La lecture de ce système demandant un apprentissage réservé aux spécialistes, la traductrice a jugé indispensable de dresser p. 253 une liste de ces mots classés par ordre alphabétique, suivis chacun de leur prononciation approximative en français.*

CHAPITRE PREMIER

J'avais seize années durant roulé ma bosse à l'étranger et, récemment, j'étais retourné dans mon pays natal qui, en cette période de la guerre, se trouvait à l'arrière. Là, s'était écoulée mon enfance et pourtant, je ne m'y sentais plus chez moi. Les ruelles étroites et somnolentes, au pavé lisse et usé, avaient cédé la place à de larges avenues, pleines d'animation, où volait la poussière, mais je n'y croisais aucune physionomie qui me soit familière. Les seuils laqués de noir des portes cochères des hôtels particuliers avaient été sciés pour que les pousse-pousse flambant neufs puissent les franchir orgueilleusement. Le luxe des vitrines m'éblouissait. Une fois, je rassemblai mon courage et passai la haute porte d'un magasin, mais à peine le prix d'un article qui dormait dans la devanture me fut-il indiqué, qu'opposant au vendeur un refus définitif, je reculai épouvanté.

J'étais, comme un étranger, descendu dans un petit hôtel et, pour un loyer qui n'était pas mince, une méchante chambre m'y était concédée. Si j'ouvrais la fenêtre, je respirais l'odeur du charbon, et si je la fermais, la lumière ne pénétrait plus dans cette pièce exiguë. Aussi, n'y séjournais-je pratiquement que pour dormir. J'aimais, dans une déambulation solitaire ou silencieuse, flâner par les rues, et que celles-ci soient calmes ou bruyantes, peu m'importait. Il m'arrivait de marcher tête baissée, absorbé dans mes préoccupations, il m'arrivait aussi de m'arrêter devant un théâtre de rue et d'écouter, une heure entière, un aveugle chanter et réciter des contes, ou encore de bavarder avec un chiromancien.

Un jour où j'errais en proie à mes réflexions, je sentis soudain le poids d'une main sur mon épaule. Surpris, croyant avoir par distraction marché sur le pied d'un passant, je levai les yeux.

« Comment, toi ici ? Où habites-tu ? Tu es rentré au pays et tu n'es pas venu me voir ! Tu mériterais des coups ! »

C'était Yao qui avait été mon condisciple à l'école primaire, au collège et à l'université, avec néanmoins cette différence : lui, après avoir reçu son diplôme, était parti parfaire ses connaissances en Occident tandis que moi, à cause de la mort de mon oncle, mon soutien financier, j'avais dû interrompre mes études. Par la suite, j'avais écrit six livres sans parvenir à la notoriété. Yao, lui, avait enseigné trois années durant, puis, les deux années suivantes, avait occupé un poste de fonctionnaire. Ensuite, il était revenu ici recueillir l'héritage de son père, cinquante hectares de terres en culture qui lui permettaient de vivre de ses rentes. Cinq ans auparavant, il avait acheté dans cette même ville le vaste hôtel particulier d'une vieille famille tombée en décadence, la famille Yang. Je savais tout cela, je savais aussi qu'il avait un fils d'un premier mariage et qu'après son veuvage, il s'était remarié. Il ne m'avait jamais envoyé de ses nouvelles et je ne m'étais pas non plus informé de sa dernière adresse. Lorsque, à Shanghai, il avait renoncé à poursuivre une carrière officielle, ayant découvert mon gîte, il m'avait entraîné dans un restaurant de spécialités locales. Tout en buvant, il parlait d'abondance, m'exposant ses réussites passées et ses ambitions futures, me laissant à peine placer quelques mots. C'est seulement lorsqu'il m'interrogea sur ma vie d'écrivain et les droits que je percevais que je pus enfin m'exprimer.

A l'époque, je n'avais encore publié que deux recueils de romans et de nouvelles et il m'arrivait, à l'occasion, de faire paraître un court récit dans une revue. Je ne sais par quel hasard, mon ami Yao avait lu le tout, et très attentivement.

« Tu écris bien. Tu es supérieurement doué ! mais ton style manque de vigueur ! » me dit-il en secouant la tête et en rougissant. Rougissant également, je ne trouvai rien à répondre. « Pourquoi consacrer ton talent à de petites choses et à de petites gens ? Moi aussi j'aimerais écrire des romans mais je puiserais mon inspiration dans les actions héroïques des martyrs révolutionnaires et les drames qui bouleversent le monde ! » Les yeux étincelants, il redressait fièrement la tête. Conscient de mon indignité, je répliquai confusément : « Bien, bien. » Un moment de silence suivit et soudain il éclata d'un grand rire. Le lendemain, il prit le bateau. Finalement aucun roman ne parut sous son nom, probablement Yao ne mit-il jamais son projet à exécution.

Cet homme à la carrure puissante qui se tenait devant moi, c'était lui, ce vieil ami. Je détaille ses sourcils bien fournis, son front dégagé, son nez aquilin, sa lèvre supérieure légèrement proéminente et son visage allongé sans être étroit. Il a très peu changé, seulement un peu engraissé, et son teint est moins coloré. Il presse dans sa grande main moite ma petite patte maigre.

« J'ai appris, dis-je, que tu avais acquis la propriété des Yang, mais je ne savais si tu résidais ou non en ville. Je t'imaginais installé à la campagne à l'abri des bombardements aériens. J'aurais craint aussi que ton portier ne me refoule, vois comme je suis mis ! ajoutai-je avec une certaine gêne.

— Bon, bon, ne te moque pas de moi. En effet, l'année dernière après ce grand bombardement, je suis parti habiter quelques mois à la campagne puis je suis revenu. Et toi, où loges-tu ? Montre-moi l'endroit pour qu'ensuite je puisse le retrouver facilement, me demanda-t-il avec un franc sourire.

— A l'hôtel International.

— Et quand es-tu arrivé ?

— Cela doit faire une dizaine de jours.

— Et tu t'es installé là tout de suite. De retour au pays depuis plus de dix jours, tu loges encore à l'hôtel. C'est incroyable ! Ne te reste-t-il pas quelque parent fortuné ? Ton oncle, qui avait de l'argent, s'est encore enrichi dans le négoce et, année après année, il a acheté de la terre. Pourquoi n'es-tu pas allé le voir ? » questionna-t-il en lâchant ma main. Il parlait si fort qu'il semblait vouloir prendre les passants à témoin.

« Pas si fort, pas si fort, m'impatientai-je, tu sais bien que depuis longtemps nous avons cessé toute fréquentation.

— Mais aujourd'hui, c'est différent. Tu as écrit des livres, tu es célèbre, s'écria Yao avant que j'aie terminé, et même moi, je t'envie !

16

— Ne me raille pas. Mes revenus d'une année ne me permettent pas l'achat d'un costume occidental convenable, aussi, comment mes riches parents pourraient-ils me manifester quelque considération ? Ne craindraient-ils pas plutôt que je vienne les taper ou que moi, le fauché de la famille, leur fasse perdre la face ? Ah, et toi-même, Yao, as-tu terminé ta grande œuvre ? »

Yao se troubla puis éclata brusquement de rire. « Quelle excellente mémoire ! De retour ici, j'y ai travaillé pendant deux ans. J'ai gâché plus d'un millier de pages sans réussir à aligner plus de vingt mille mots. Je n'ai aucun talent. Ensuite, j'ai pensé traduire un ouvrage français, mais là aussi, j'ai échoué. Je m'étais attaqué à un roman de Victor Hugo, et j'ai été incapable de rendre l'élégance de son style. Ma traduction était si catastrophique que je n'y comprenais plus rien moi-même. Après deux chapitres de *Quatre-vingt-treize,* j'ai laissé tomber, comprenant que j'avais perdu mon temps à la faculté des lettres. A partir de là, je renonçais à mes projets, me disposant à m'avouer vaincu par toi, mon vieux, et à ne plus me répandre en hâbleries à l'avenir. Mais assez bavardé, conduis-moi à ton hôtel, l'International n'est-ce pas ? Je m'étonne de ne pas le connaître. »

Je ne pus m'empêcher de rire et d'ajouter : « Des dénominations grandioses recouvrent souvent une réalité des plus modestes. C'est tout près. Allons-y !

— Comment, quelle drôle de philosophie ! dit-il avec un rire joyeux, bon, allons le repérer.

CHAPITRE II

En entrant dans ma chambre, Yao s'écria, stupéfait : « Comment peux-tu loger dans un endroit pareil ? c'est scandaleux ! Je ne peux te laisser ici ! Comme c'est sombre, la fenêtre n'est même pas ouverte ! » Il poussa le châssis et aussitôt fut pris d'un éternuement. Il se couvrit le nez avec son mouchoir. « Cette odeur de charbon, quelle infection ! Comment peux-tu habiter ici ? Ta santé n'y résistera pas. »

J'eus un sourire amer et répondis sans ambages : « Je n'ai pas tes moyens, je suis pauvre.

— Bien, cessons de plaisanter. Tu viens t'installer chez moi. Que cela te plaise ou non, je t'emmène.

— Inutile, dis-je pour m'en sortir, je quitte la ville après-demain.

— C'est tout ce que tu as comme bagage ? demanda Yao tout à trac en désignant dans le coin de la pièce une petite malle de cuir, ou possèdes-tu encore quelque chose d'autre ?

— Rien d'autre, je n'ai même pas apporté de literie [1]. »

___

1. Voyager avec sa literie était autrefois en Chine une mesure d'hygiène, les hôtels étant souvent d'une propreté douteuse.

Yao se planta devant mon lit et l'examina. « Qui eût pensé que toi, un homme de grand talent, accepterais de coucher dans cette bauge ? »

Je ne répondis rien, je me contentai de sourire.

« Tu ne t'encombres pas, tant mieux ! Je t'emmène sans plus attendre et connaissant ton caractère, si tu es mon hôte, je prendrai soin de ne pas t'importuner. Lorsque tu t'en sentiras l'humeur, nous nous verrons pour bavarder le matin ou le soir, sinon je m'abstiendrai. Pour écrire, la situation de mon pavillon est des plus favorables, il y règne un calme absolu et personne ne viendra te déranger. D'accord ? »

Je ne parvenais pas à trouver les mots propres à décliner l'invitation qu'il formulait avec une telle chaleur ; sans m'en laisser le temps, Yao demanda ma note, la régla et ordonna qu'on descende mon bagage.

Nous prîmes chacun place dans un pousse-pousse et, vingt minutes plus tard, nous étions chez lui.

CHAPITRE III

Un portail de laque noire se détachait, étincelant, sur de hauts murs de briques grises. Sur le linteau, figuraient, orgueilleusement gravés en creux, deux grands caractères rouges. Calligraphiés dans le style ancien encore employé aujourd'hui pour les sceaux, ils signifiaient : « Le jardin du repos. »

Le portier nous ouvrit et nous franchîmes le seuil sans descendre de nos véhicules. Ma vue fut tout d'abord frappée par un écran d'un blanc brillant sur lequel, sertis dans un cadre rond, avait été tracé en caractères rouges du même style, ce souhait : « Que mes descendants se succèdent harmonieusement en ce lieu. » Mon regard s'attardait sur l'inscription quand ma voiture prit une courbe. Après quelques tours de roue dans une cour dallée, elle s'immobilisa devant une deuxième porte.

Mon ami Yao souleva ma mallette de cuir et passa cette porte, je pris le sac et le suivis. Nous pénétrâmes dans une cour intérieure pavée de dalles rigoureusement carrées. Au centre, on apercevait une vaste salle au fond de laquelle une porte dorée dissimulait les appartements intérieurs. Dans un coin de cette grande salle, étaient garés trois pousse-pousse pratiquement neufs.

L'endroit semblait désert et pourtant des bruits de voix parvenaient à nos oreilles.

« Zhao Qingyun ! Zhao Qingyun ! » appela Yao à grands cris. Nous avançâmes. Il regarda par la porte qui se trouvait sur la gauche, les battants étaient grands ouverts, j'aperçus une table et des bancs inoccupés. A droite, la porte symétrique était étroitement close mais, en haut du perron, les battants d'une porte plus petite s'entrebâillaient sur le salon. Le linteau était orné d'une feuille de papier blanc sur laquelle étaient calligraphiés à l'encre noire, toujours de cette même écriture ancienne, les deux caractères du « Jardin du repos ».

« Pourquoi ce nom est-il inscrit partout ? demandai-je avec curiosité.

— Voilà, je t'invite à résider ici, dit Yao en désignant la petite porte, et je suis certain que tu t'y plairas. » Il n'attendit pas ma réponse et se mit à appeler : « Lao Wen ! Lao Wen ! » toujours en vain. Puisque aucun domestique ne faisait son apparition, il me sembla inélégant de laisser mon ami continuer à porter mon bagage, aussi je tendis la main, proposant : « Donne-moi ma mallette.

— Penses-tu », rétorqua-t-il, et comme s'il craignait que je ne la lui enlève, il pressa le pas, escalada rapidement les marches et pénétra dans la pièce. Il ne me restait qu'à le suivre.

Dès le seuil, je vis la balustrade de pierre qui fermait la galerie couverte et, au-delà, des arbres, des fleurs et des collines artificielles et, en même temps, je perçus les éclats d'une querelle.

21

« Qui peut bien se chamailler dans mon jardin? »
s'écria Yao. Il avait à peine terminé sa phrase
qu'apparut un groupe de quatre personnes qui arrivaient par la gauche le long de la balustrade. A la vue
de mon ami, elles s'arrêtèrent, et trois d'entre elles le
saluèrent respectueusement d'une seule voix :
« Maître! »

Deux portaient la tunique des serviteurs, puis il y
avait un jeune gaillard en vêtements courts et pieds
nus qui avait l'allure d'un tireur de pousse et enfin, un
garçonnet à l'uniforme d'écolier impeccable. Le plus
jeune des serviteurs entraînait l'enfant qu'il avait saisi
par l'épaule, mais celui-ci se débattait et criait : « Je
reviendrai, même si vous me mettez dehors, je reviendrai! » Ses yeux se posèrent alors sur mon ami Yao et
se mirent à jeter des éclairs, avec une moue il se tut.

Yao, par contre, sourit. « Comment es-tu entré? »
demanda-t-il.

— C'est ma maison, j'ai le droit d'y entrer! »
affirma le garçon avec force. Je l'examinai : il avait un
visage ovale, de beaux traits, le nez légèrement dévié
sur la gauche et la mâchoire supérieure un peu
saillante. Je lui donnai entre douze et treize ans.

Yao posa par terre mon sac de cuir et ordonna :
« Zhao Qingyun, porte le bagage de monsieur Li dans
le couloir, tu en profiteras pour nettoyer la salle,
monsieur Li va s'y installer. » Le jeune domestique
acquiesça. Après un coup d'œil à son captif, il lâcha
son épaule et, s'emparant du sac, il s'éloigna vers la
droite, en longeant la balustrade.

Yao ajouta : « Lao Wen, va avertir madame que j'ai
invité un vieil ami à loger chez moi, qu'elle vous
remette des couvertures propres et qu'elle appelle des

gens pour dresser un lit au rez-de-chaussée. Qu'ils portent également une cuvette de toilette, une théière et tout le nécessaire.

— Oui, maître », répondit le vieux domestique édenté et grisonnant. Et, tout aussitôt, il s'éloigna du côté opposé à celui qu'avait pris son camarade.

Seul restait le tireur de pousse qui se tenait interdit derrière l'enfant. Yao, avec un signe de main, lui dit brièvement : « Va! » et lui aussi s'en fut.

Le garçon demeurait silencieux et, avec une expression boudeuse, il dévisageait fixement mon ami.

« Celui-ci pourrait fort bien te servir de matériau pour un récit, je vais vous présenter l'un à l'autre », dit Yao avec un sourire satisfait, puis élevant la voix : « Ce jeune homme est l'héritier des Yang, les anciens propriétaires de cet hôtel particulier et voici monsieur Li qui écrit des romans. »

Je saluai d'un signe de tête mais le gamin ne s'intéressait pas à moi ; il me lança un regard soupçonneux et chargé de haine puis, les deux mains enfouies dans les poches de son pantalon, il s'adressa à Yao avec l'assurance d'un adulte :

« Pourquoi ne m'avez-vous pas fait déguerpir aujourd'hui ? quelle comédie jouez-vous ? »

Yao ne montra aucune irritation, il continua à regarder l'enfant avec une expression bienveillante et répondit posément :

« Aujourd'hui, le hasard m'a mis en présence de monsieur Li que voici, et je te l'ai fait connaître. Là, tu es dans ton tort, quand une maison est vendue, elle devient la propriété de l'acheteur. Pourquoi vouloir y revenir si souvent au risque de t'attirer des ennuis ?

— Ce sont eux qui l'ont vendue, pas moi. Quand je

viens ici, je ne te prends rien excepté quelques fleurs. De toute façon, tu ne les apprécies pas alors qu'est-ce que ça peut te faire? Et pour toi c'est une bagatelle, riposta le garçon en redressent fièrement la tête.

— Et pourquoi, poursuivit mon ami toujours souriant, te bagarres-tu toujours avec mes domestiques?

— Ce sont des idiots, dès qu'ils m'aperçoivent, ils veulent me flanquer dehors. Ils prétendent que je viens pour voler. Quelle ânerie! Ils ont vendu la propriété tout entière, aussi je me moque bien de ce qui se trouve ici. Je ne suis pas un va-nu-pieds mais je ne suis pas non plus un richard comme toi. A quoi sert cette saleté d'argent? »

C'était assurément un enfant qui savait s'exprimer et tandis qu'il nous tenait ce discours, son visage s'empourprait et ses yeux étincelaient.

« Et tu les as laissés vendre la maison? Quelle belle formule! Soyons sérieux, ils auraient vendu même sans ton accord! » Mon ami éclata de rire. « Tu m'amuses beaucoup. Quel âge as-tu?

— Qu'est-ce que cela peut te faire? répliqua coléreusement son jeune interlocuteur en détournant la tête. »

Le premier serviteur fit sa réapparition et s'adressa à mon ami avec déférence : « Maître, la salle est prête. Désirez-vous y jeter un coup d'œil?

— Inutile, tu peux disposer. »

Le serviteur eut un regard vers l'enfant et demanda : « Ce marmot...? »

Yao l'interrompit : « Laisse-le, il bavarde avec monsieur Li. » Il se tourna vers moi : « Tu peux avoir une conversation avec lui. » Il désigna le garçonnet : « Ne laisse pas échapper de si bons matériaux. »

Il nous quitta, suivi de son domestique. Le garçon et moi restâmes tous les deux seuls, debout près de la balustrade, nous observant l'un l'autre. Toute trace de colère s'était effacée de sa physionomie et, immobile et silencieux, il me contemplait avec une expression d'étonnement. Finalement, ce fut moi qui, tapotant le dessus de la balustrade, dis : « Assieds-toi, je te prie. »

Il ne bougea pas.

« Quel âge as-tu ? lui demandai-je.

— Quatorze ans », répondit-il à voix basse comme s'il se parlait à lui-même. Soudain, les yeux brillants, il s'avança vers moi et m'étreignant l'épaule, me fit cette requête : « Dites, vous voulez bien me cueillir une branche de camélias ? »

Je suivis son regard. De l'autre côté de la balustrade, face à la colline artificielle, à côté du cannelier, s'élevait un camélia haut de plus de trois mètres. Les branches, aux feuilles épaisses d'un vert profond, étaient chargées de fleurs rouges.

« Sur celui-ci ? questionnai-je instinctivement.

— Oui, je vous en prie, cueillez-les vite avant qu'ils ne reviennent ! » me supplia-t-il avec ardeur, et son expression était telle qu'il m'était impossible de lui opposer un refus. Je savais que Yao ne me tiendrait pas rigueur si je prélevais quelques fleurs dans son jardin, aussi j'enjambai la balustrade, atteignit le camélia et lui dérobai une petite branche qui portait quatre fleurs.

L'enfant m'attendait près de la balustrade, les mains tendues. Je lui remis ma récolte. Il s'en saisit et avec un sourire joyeux, s'écria : « Merci, merci ! » puis aussitôt il tourna les talons et s'enfuit.

« Attends ! Attends ! » lui criai-je, mais il avait déjà franchi la porte et ne pouvait plus m'entendre. Une pensée me traversa l'esprit : quel étrange garçon !

CHAPITRE IV

Mon ami Yao respectait mon indépendance et, depuis un bon moment, je me trouvais seul dans le jardin silencieux, sans même qu'un serviteur soit venu m'apporter un gobelet de thé. J'errais paresseusement par les sentiers sinueux et je faisais le tour des collines artificielles. Ces monticules aux formes variées n'atteignaient pas ma propre hauteur et s'ornaient à leur sommet de mousses et de plantes grimpantes ; leurs flancs étaient creusés de petits alvéoles d'où jaillissaient des touffes de fleurettes multicolores. Les magnolias plantés sur les bordures d'allées n'étaient pas encore fleuris.

Je parvins devant le perron d'un pavillon. Les hautes fenêtres vitrées, incrustées d'un motif de fleurs et d'oiseaux, étaient entièrement voilées de rideaux de soie qui dérobaient à ma vue l'intérieur d'une pièce, sans doute le salon.

Sous les fenêtres, au coin du mur, s'élevait un grand magnolia, quelques branches chargées de fleurs fanées dépassaient le faîte de ce mur décoré de tuiles en forme de fleurs de prunier.

Ces fleurs de magnolia flétries dont les pétales retenaient l'eau des arrosages comme une cuiller, toutes jaunies, s'accrochaient encore et leur parfum subsistait.

Je me tins un moment sous l'arbre puis, me penchant, ramassai deux pétales que je me mis à pétrir. J'ai toujours considéré les magnolias comme de vieux amis. Enfant, j'ai, moi aussi, possédé un jardin et le magnolia était mon espèce préféré. Instinctivement, je portai les pétales à mes narines mais, brusquement conscient de mon geste, je regardai de tous côtés, ne pouvant m'empêcher de sourire de mon comportement saugrenu. Je les jetai et pensai : les sentiments de ce jeune garçon diffèrent peu de ceux que j'éprouve actuellement, aussi mes regrets sont vifs de ne pas l'avoir rattrapé et interrogé.

Au lieu de gagner le pavillon (devant la porte duquel, sur la gauche, j'apercevais une table de bois rouge et un tabouret rond en porcelaine), je longeai le mur vers la droite. Je dépassai une jarre à poissons rouges, deux cognassiers du Japon, un calycanthe et j'arrivai près d'un massif de fleurs. A proximité du mur, ce massif s'étendait juste en face des fenêtres de la pièce qui, je le savais, était désignée comme « le salon », là où mon ami Yao avait fait préparer pour moi une chambre provisoire. Trois touffes de pivoines composaient ce massif devant lequel s'étendait une terrasse dallée. De chaque côté du salon, plantés là comme des sentinelles, veillaient deux canneliers. Au pied de la balustrade, s'alignaient sur des tabourets ronds de porcelaine verte trois grands pots d'orchidées.

Au moment où j'empruntai l'escalier du pavillon, la voix de Yao m'immobilisa : « Li, es-tu seul ? Quand le petit Yang est-il parti ? Avez-vous eu le temps de bavarder tant soit peu ? » Je me retournai pour tenter de l'apercevoir et lançai : « Tout le monde est parti, je suis seul... » Je m'interrompis car derrière Yao se tenait une femme aux cheveux ondulés, vêtue d'une robe chinoise vert pâle et d'une jaquette de laine grise, accompagnée d'une vieille servante munie d'une couverture. Aucun doute, cette dame est la maîtresse des lieux et sa servante vient préparer mon lit. Je m'avançai au-devant du groupe.

« Li, je te présente ma femme, Wan Zhaohua, appelée la Zhaohua[1] ; voici mon ami Li dont je t'ai souvent parlé », dit Yao avec chaleur. Souriante, Wan Zhaohua m'adressa un léger signe de tête. Je répondis par un salut plus profond, presque une inclinaison. « Mon mari m'a souvent entretenue de vous, monsieur Li. Si vous habitez ce pavillon, j'ai peur que nous ne remplissions mal nos devoirs d'hôtes et vous négligions... » Yao devança ma réponse : « Li craint par-dessus tout d'être trop entouré. Installez-le dans le salon et respectons sa liberté. »

Madame Yao me jeta un coup d'œil. Ses lèvres remuèrent légèrement mais elle resta silencieuse, se contentant de sourire, lui la regarda, souriant également. Ce couple était manifestement très uni.

« Ainsi votre vieil ami monsieur Li est enfin votre invité et nous le délaisserions ? dit sans timidité la jeune femme et elle ajouta plaisamment à l'intention de son époux, en voilà des façons ! »

Je remarquai son visage ovale, ses grands yeux noirs, son nez droit, sa bouche menue. Elle était

---

1. Wan est le nom de famille que la jeune fille chinoise conserve après son mariage. Zhaohua, le prénom.

grande et mince avec la taille fine. Elle se tenait à côté de Yao et lui arrivait à l'épaule. Je lui donnais vingt-trois ou vingt-quatre ans. Aimable, gracieuse, elle me fut d'emblée sympathique.

« Bien, reprit Yao sur un ton enjoué, veille à faire rapidement préparer la chambre de notre hôte, qu'il puisse en disposer. Ce soir, tu nous confectionneras quelques plats et nous viderons gaiement nos verres. » Je m'exclamai aussitôt : « Je n'oserais déranger ta femme !...

— Accompagne monsieur Li au salon et invite-le à s'asseoir. Il est ici depuis des heures et nous ne lui avons même pas offert le thé », reprocha madame Yao à son mari, à nouveau elle m'adressa une légère inclinaison de tête puis se dirigea vers la pièce. La servante s'y affairait déjà et j'avais vu passer, lourdement chargé, le vieux domestique Lao Wen.

CHAPITRE V

« Veux-tu, proposa Yao, que nous nous installions
au salon comme ma femme t'en prie, préfères-tu
t'asseoir dehors sur la balustrade ou aimerais-tu faire
un tour dans le jardin? »

Nous nous trouvions près de la balustrade dans la
partie gauche de la galerie couverte et je tournais le
dos aux collines artificielles. Une des fenêtres du
pavillon n'était pas entièrement masquée par son
rideau et à travers la vitre, j'apercevais des étagères
chargées de livres reliés à l'ancienne, la bibliothèque
de mon ami. J'étais étonné qu'il apprécie la littérature
classique et ne pus m'empêcher de lui demander :
« Comment, tu t'es mis à ces antiquités? »

Il répondit avec un rire : « Il m'arrive quand je
m'ennuie d'en parcourir quelques lignes. Tous ces
bouquins ont été amassés par les Yang et vendus avec
l'hôtel particulier et même si je n'avais pas eu l'intention de les lire, je les aurais pris pour leur effet
décoratif. »

Le nom de la famille Yang fit surgir dans mon esprit
le souvenir du jeune garçon enfui. Je m'assis sur le
rebord de la balustrade et questionnai Yao : « Parle-
moi du jeune Yang, dis-moi tout ce que tu sais de lui.

— Chercherais-tu à te documenter pour un futur roman ? N'avez-vous donc pas bavardé ensemble ? rétorqua-t-il.

— Il ne m'a rien confié. Il voulait seulement que je lui cueille une branche de camélia, il s'en est emparé et a filé sans que je puisse le retenir. »

Embarrassé, Yao se passa la main dans les cheveux et s'installa à mes côtés.

« A vrai dire, j'en sais fort peu. Ce garçon est le fils de Yang-le-troisième. Dans cette génération, il y avait quatre fils Yang. Le plus âgé est mort il y a quelques années. Les trois suivants vivent toujours dans la région à ce qu'il semble. Le deuxième et le quatrième sont des hommes d'affaires prospères. Yang-le-troisième, par contre, ne s'est jamais livré à aucune occupation sérieuse, il avait la réputation d'un joueur invétéré et a dissipé tout son patrimoine. J'ai entendu dire qu'il était mort lui aussi. Maintenant tout repose sur son fils aîné, le frère de ce jeune garçon, qui, pour faire vivre sa famille, travaille comme employé des postes. Par malchance, le plus jeune fait preuve d'un caractère indolent, il néglige l'étude et vient constamment piller les fleurs de mon jardin. Un jour, je l'ai même surpris en train de bavarder avec un mendiant devant la porte du temple voisin. Ici, nous avons beau le chasser de la propriété, il parvient toujours à s'y faufiler de nouveau. Ce n'est pas qu'il soit très adroit, mais le portier le laisse entrer. Il est vrai que le vieux Li Laohan a servi les Yang vingt années durant, c'est d'ailleurs Yang-le-deuxième qui me l'a recommandé. Il leur est resté attaché ; une fois, à peine l'avais-je réprimandé que les larmes lui sont venues aux yeux. Que faire ? Quoi de plus normal que de conserver son affection à d'anciens maîtres ? Cet enfant, par-dessus le marché, n'est pas un voleur. Peu m'importe qu'il vienne ici s'il ne se laisse pas voir. Ce sont mes domestiques qui l'ont pris en grippe et le pourchassent. »

Ma curiosité était loin d'être satisfaite : « C'est tout ce que tu sais ? Cela n'explique pas pourquoi ce garçon vient tout le temps chiper des fleurs, ni ce qu'il en fait ?

— Je l'ignore tout comme toi », répondit évasivement Yao. Il n'avait pas pris conscience du charme que le garçon avait exercé sur moi. « Peut-être le portier en sait-il davantage, nous pourrions le lui demander. Mais le jeune Yang reviendra à coup sûr et tu pourras alors l'interroger directement.

— Accorde-moi une faveur ; s'il revient, laisse-moi m'en occuper et ordonne à tes domestiques de le laisser tranquille. »

Yao ne put s'empêcher de rire, il secoua la tête et dit : « D'accord, seulement, si tu tires un livre de vos rencontres, dédicace-moi le premier exemplaire.

— Je n'ai aucune intention de ce genre. Cet enfant m'inspire un vif intérêt par lui-même et je suis plus ou moins à même de comprendre les sentiments qu'il éprouve. Tu sais qu'autrefois ma famille possédait un vaste jardin et qu'il a été vendu avec notre hôtel particulier. Je pense aller y faire un tour », ajoutai-je gravement.

« Et pourquoi pas ? Je m'en souviens encore, vous habitiez rue Shuwa. Qui y loge maintenant, le sais-tu ? Renseigne-toi et je trouverai bien le moyen de te faire entrer dans ton ancien domicile », affirma mon ami avec chaleur et sympathie. Je hochai tristement la tête : « Je me suis renseigné. Nous avons vendu il y a seize ou dix-sept ans et depuis notre propriété a connu plusieurs occupants et subi bien des modifications. Un grand magasin s'élève actuellement sur son emplacement. Je suis comme le jeune Yang, je n'ai jamais désiré vendre ma maison et la vente ne m'a pas moindrement enrichi. Ce sont eux qui l'ont vendue et ils ont détruit les seuls souvenirs qui subsistaient encore de ma jeunesse.

— Pourquoi t'attrister ? Plus tard, tu achèteras une autre maison et tu planteras un jardin. Cela ne reviendra-t-il pas au même ? » dit Yao avec gentillesse, mais je refusai d'être réconforté, secouant la tête, je poursuivis avec un sourire amer : « Je n'ai pas la chance d'être millionnaire et ne voudrais pas connaître ce malheur !

— Comme tu es sot ! Ne serais-tu pas en train de me faire la leçon ? remarqua Yao, néanmoins son sourire démentait qu'il fût froissé.

— Quel rapport avec toi ? Je fustige les imbéciles qui lèguent à leurs descendants des demeures ancestrales que ceux-ci vendront, répliquai-je agacé.

— Rassure-toi, c'est sans danger que je transmettrai ce jardin à mon fils », affirma-t-il, la gaieté inscrite dans le regard et comme un homme habité d'un vaste dessein, il étendit la main gauche et releva le front. Je n'ajoutai rien.

Après une pause, il reprit : « Nous avons suffisamment bavardé. Rester assis sur de la pierre est inconfortable. Allons au salon. La servante a dû mettre ta chambre en état. »

CHAPITRE VI

Nous suivîmes sa suggestion. Madame Yao se tenait devant la fenêtre et disposait des branches fleuries dans un vase posé sur une table de marbre. Elle nous entendit entrer, se détourna et adressa à son mari un sourire complice.

« La chambre est prête ; nous déclara-t-elle, mais je ne savais pas si elle plairait à monsieur Li. Je ne suis pas très douée pour la décoration.

— C'est parfait, vraiment parfait », m'écriai-je ravi, tout en examinant la partie gauche du salon qui venait d'être aménagée pour moi. Mes compliments étaient absolument sincères, madame Yao s'en rendit compte et rayonna de plaisir.

Chacun des sourires de cette jeune femme illuminait la pièce. En même temps, le « spleen » qui m'étreignait le cœur (« spleen » fait de solitude, de compassion, d'anxiété, de regrets, de désirs insatisfaits, je ne parviens pas à le décrire mais très souvent il me semble qu'un poids écrase inexorablement mon cœur, et c'est ce poids qui me contraint à écrire) se dissipa partiellement. Madame Yao se tenait toujours à la même place, maintenant d'une main le vase de porcelaine et, de l'autre, agençant les branches de camélias parées de feuilles vertes et de fleurs rouges. Le rideau bleu pâle, tiré devant la fenêtre, filtrait les rayons du soleil qui caressaient son visage. Elle offrait une vision éblouissante.

Je compris que cette table carrée me servirait de bureau. Dans un coin, la tête tournée vers la fenêtre, avait été dressé un lit à la manière traditionnelle, avec son petit escabeau et une moustiquaire enroulée sur elle-même pendue au plafond. Sur un tabouret au chevet du lit, était posée ma valise, tout près, entre deux sofas, une table à thé.

Abandonnant son occupation, madame Yao se dirigea vers son mari et me dit : « Monsieur Li, asseyez-vous, je vous en prie. » Et tout aussitôt elle ordonna au domestique qui venait de disposer les sofas : « Lao Wen, apporte un gobelet de thé à monsieur Li. » Puis elle s'adressa à la vieille servante qui tirait les couvertures : « Belle-sœur[1] Zhou, n'oublie pas d'apporter une bouteille thermos remplie d'eau chaude. » Elle ajouta ensuite pour moi : « Monsieur Li, n'hésitez pas à demander ce dont vous avez besoin, en toute simplicité !

— Merci, merci beaucoup, mais je vous ai assez ennuyé pour aujourd'hui, dis-je avec gratitude. »

« Monsieur Li, vous voyez bien, vous ne vous comportez pas simplement. « Merci », « je vous ai ennuyé », qu'est-ce donc là, sinon des politesses inutiles », commenta-t-elle avec un rire.

Mon ami intervint : « C'est la première fois que je t'entends utiliser le nom de « Yao ». Je craignais

1. Belle-sœur est une manière familière de s'adresser aux servantes adultes.

36

presque que tu n'aies oublié et mon nom et mon prénom », acheva-t-il en riant aux éclats.

Je joignis mon rire au sien : « Comment aurais-je pu oublier ce prénom majestueux, Yao Guochen, tu es le « Pilier de l'Etat » !

— Je ne mérite pas tes moqueries, c'est mon père qui a choisi ce prénom, je n'en suis pas responsable, et peut-être lui-même n'a-t-il mis dans ce choix aucune intention particulière. Si un Japonais donne à son fils le prénom de Seigneur tortue, lui souhaite-t-il pour autant de devenir cocu plus tard [1] ?

— Juste ! Il espère seulement que cet enfant connaîtra la longévité de la tortue, convins-je gaiement, et Songshi, le prénom que tu as adopté pour ta vie d'adulte et qui te désigne comme « Celui qui déclame des vers », t'oblige-t-il à passer aux actes ? »

Madame Yao réprimait un sourire, elle suggéra : « Nous, rentrons. Laissons monsieur Li se reposer, il est fatigué. De mon côté, je dois préparer le dîner et ce soir, vous pourrez bavarder le verre à la main.

— Bien, bien, acquiesça Yao, encore un mot, l'endroit est très calme, parfait pour écrire, mais ne crains-tu pas qu'en fin de journée, ce silence vienne à te peser ? Et sans attendre ma réponse, il enchaîna : si c'est le cas, envoie un serviteur me chercher et je viendrai te tenir compagnie.

— Je serais très heureux que tu viennes, très heureux vraiment. Néanmoins rassure-toi, l'isolement ne me cause aucune appréhension. »

Mon ami et sa femme quittèrent la pièce. J'entendis

---

1. La tortue noire est le symbole populaire de l'infortune conjugale.

retentir sous la fenêtre le rire de Yao, il s'était bien amusé.

Je pris place devant ma table. Je ressentais une légère fatigue et en même temps, un profond bien-être, une parfaite détente, m'envahissaient. Je rejetai la tête en arrière et savourai le chant des oiseaux inconnus qui peuplaient les arbres d'alentour.

CHAPITRE VII

Le soir venu, Yao et moi (je commençais à l'appeler par son nom), nous nous sommes réunis dans le salon. Assis face à face, de chaque côté de la table d'ébène, nous avons dégusté les mets que sa femme avait préparés et bu de l'alcool vieux de Shaoxing. La chère était savoureuse, le breuvage délectable et mon hôte euphorique. Il parlait sans discontinuer, ne me laissant pas l'occasion de placer un mot. Personnages et événements de toute sorte lui fournissaient matière à commentaires presque toujours critiques. Cependant malgré son apparente insatisfaction, je savais avec certitude qu'il était très content de son sort, et que son second mariage était une complète réussite. Il aimait sa femme et elle le rendait heureux.

Il posa soudain son verre et me demanda : « Mon vieux Li, comment trouves-tu ma femme, Zhaohua ?

— Merveilleuse, tu dois te sentir comblé », le complimentai-je.

Radieux, il acquiesça d'un battement de paupières. Il pianotait sur la table puis hocha la tête à plusieurs reprises. Levant son verre, il but une longue gorgée puis déclara gaiement : « Mon cher, marie-toi bientôt, c'est le conseil que je te donne. C'est au sein d'une

famille qu'on obtient la paix du cœur. » Après une
pause, il poursuivit : « Tu ne peux éternellement rêver
d'amour, ce sont là chimères de romancier. Je n'ai
jamais fait la cour à ma future épouse, et si nous
n'avions pas été présentés l'un à l'autre, nous ne nous
serions jamais connus. Nous nous sommes mariés,
nous nous entendons à la perfection, nous sommes très
heureux. »

Je l'interrompis : « J'ai entendu dire que vous étiez
parents.

— Des parents très éloignés et qui se voyaient
rarement. Je ne te cacherai pas que mon union actuelle
est plus réussie que la précédente », ajouta-t-il. Le
bonheur avivait son teint.

Je le coupai à nouveau : « Je préfère ma liberté
vagabonde à ta vie conjugale réussie, alors que tu ne
cesses de te plaindre à propos de tout.

— Tu ne comprends pas. Les Chinois et les Occidentaux ont de l'amour des conceptions totalement
opposées. Les Occidentaux commencent par s'aimer
puis ils vont vers le mariage, les Chinois, eux, attendent d'être unis. Je trouve que nos coutumes présen-
tent beaucoup plus d'agréments », conclut-il avec
satisfaction. Il ponctuait ses dires avec la main gauche
comme s'il voulait m'expliquer à fond quelque théorie
supérieure.

Il me fut impossible de l'écouter patiemment et
j'intervins : « Passons, passons, ton grand principe est
défendu par le docteur Lin Yutang[1] dans ses conféren-

1. Lin Yutang (1895-1976) tenta à travers conférences et écrits de
familiariser les Occidentaux avec les mœurs et la pensée chinoise.

ces. Peut-être aurait-il pu te prier de rédiger les *Nouveaux récits d'une vie fugitive*[1] pour berner les Occidentaux. Non, vraiment, cela me paraît inconcevable.

— Inconcevable! Vois, n'est-ce pas là la meilleure preuve de ce que j'avance? » Avec un rire orgueilleux, il tourna la tête dans la direction de la porte. Je l'imitai. Eclairée par la lanterne que portait sa servante, madame Yao entrait. Je me levai aussitôt.

« Je vous en prie, restez assis. Ma cuisine n'est pas fameuse et monsieur Li n'y est pas non plus habitué », dit-elle avec un sourire qui découvrait ses dents élincelantes.

« C'était délicieux, absolument délicieux, je me suis régalé, j'espère seulement que je ne vous ai pas dérangée, mais vous-même, madame, avez-vous dîné? » demandai-je sans avoir obéi à son injonction.

« Oui, merci, je vous en prie, asseyez-vous, ne vous montrez pas cérémonieux », insista-t-elle. Je cédai. Elle vint se placer aux côtés de son mari qui leva la tête et lui tendit ses baguettes : « Prends encore quelque chose... » Elle refusa d'un signe et répondit : « Je viens juste de me restaurer... Vous avez suffisamment bu, ne vous enivrez pas. Songshi, tu m'as dit que monsieur Li n'était pas grand buveur, alors mangez vite sinon tout va refroidir.

— Bien, cessons de boire. Lao Wen, belle-sœur Zhao, servez-vous! s'écria mon hôte d'une voix forte.

---

1. Les *Récits d'une vie fugitive* (trad. J. Reclus — Gallimard 1968), rédigés par Chen Fou au début du XIXᵉ siècle, ont pour thème l'amour conjugal.

— Petit Tigre n'est-il pas rentré? demanda Yao d'un air soucieux.

— J'ai envoyé le portier le chercher, il y a déjà un bon moment de cela, répondit madame Yao, aussi devrait-il être de retour.

— Lui as-tu mis de côté de la purée de piments?

— Bien sûr! Et aussi tous les plats qu'il préfère. »

Le dîner était servi. Je commençai à vider mon bol, ne voulant pas m'immiscer dans cette conversation entre mari et femme. Soudain, j'entendis la voix aiguë d'un enfant appeler : « Papa, papa! » et je vis un garçonnet d'une douzaine d'années, vêtu à l'occidentale, qui accourait vers mon ami Yao.

« Te voilà? T'es-tu bien amusé chez ta grand-mère? » questionna affectueusement Yao en caressant la chevelure lisse de l'enfant.

« Rudement bien! J'ai joué aux échecs avec mes cousins et ils n'ont pas réussi à me battre. Demain c'est dimanche et si notre portier ne m'avait pas prié de rentrer à la maison, je serais toujours là-bas. Grand-mère m'a demandé de revenir demain. Elle a dit que cette fois, Li Laohan n'aurait pas besoin de venir me chercher et qu'elle me ferait reconduire dans son propre pousse.

— Très bien, ainsi ferons-nous, de cette façon, tu pourras jouer tout ton content. Petit tigre, tu n'as pas encore salué ta mère, et elle se faisait du souci à ton sujet. »

La jeune femme et l'enfant se trouvaient de chaque côté de mon ami. Levant la tête, Petit Tigre dévisagea sa belle-mère, eut pour elle un mot bref et se détourna. Celle-ci répondit avec affabilité et remarqua d'une voix douce : « Petit Tigre, tu n'as pas encore salué l'oncle Li.

— Va ! » ajouta Yao, en poussant le garçon par l'épaule.

Celui-ci avança, s'inclina devant moi et grommela d'une voix indistincte : « Oncle Li. »

Petit Tigre ressemblait énormément à son père. La forme des sourcils, du nez, de la bouche, les traits du visage étaient identiques. Leur tenue, par contre, différait. Le père portait la longue robe bleue des intellectuels, le fils, une veste à l'occidentale de couleur café, une culotte jaune, une chemise d'une blancheur immaculée et une cravate rouge prune. Cet enfant avait la même taille et la même corpulence que le jeune Yang, mais ils étaient très dissemblables de mise et de maintien.

« Mon vieux Li, ne trouves-tu pas qu'il est mon portrait craché ? C'est mon second trésor ! » s'exclama Yao en éclatant de rire. Je regardai furtivement sa femme, elle avait rougi puis baissé la tête. Son attitude m'éclaira : le premier trésor de son mari, c'était elle.

Comme je ne répondais rien, Yao donna une tape dans le dos de son fils et ordonna : « Avance un peu que l'oncle Li puisse t'examiner ! »

Le garçonnet avança de quelques pas. Il semblait très à l'aise et décréta ironiquement : « Eh bien, examinez-moi ! » Debout devant moi, les bras croisés, il me toisait avec une expression de dédain et d'arrogance.

« Me ressemble-t-il ? » demanda Yao.

« C'est frappant !... Pourtant il me semble que... »

Il fut si pleinement satisfait par la première partie de ma réponse qu'il parut ne pas avoir saisi ma réticence.

Il eut un geste vers son fils et dit : « Va ! Veux-tu prendre quelque chose, ta mère t'a gardé de la purée de piments.

— Je n'ai pas faim du tout. Je mangerai plus tard », répondit Petit Tigre. Il s'approcha de son père, lui prit la main et espiègle, demanda : « Père, aujourd'hui j'ai joué au poker avec mes cousins. Je leur dois quatre cent cinquante kuai, rembourse-les-moi.

— Bon, attends et tu emprunteras cinq cents kuai à ta mère, décida Yao avec netteté, dis-moi qu'as-tu mangé chez ta grand-mère ?

— Maman, tu me les donnes tout de suite ! s'écria, enchanté, l'enfant qui se tourna du côté de sa belle-mère, et ce maman sonnait bien plus chaleureux que le précédent.

— Je te les donnerai quand nous partirons. Ton père désire bavarder avec toi. Tout à l'heure, nous nous en irons ensemble, tu mettras des vêtements propres et nous répéterons tes leçons », décréta madame Yao avec une souriante gentillesse.

« Oui », acquiesça Petit Tigre sans entrain. Il cligna des yeux et se mordit les lèvres. C'était une expression que j'avais déjà surprise à son père et pourtant, à ce moment, elle leur ôtait toute ressemblance.

Sa belle-mère l'aperçut et m'adressa un coup d'œil, elle continuait à sourire mais je lus dans son regard une tristesse contenue. Néanmoins elle entama aussitôt une conversation animée avec son mari et cette expression s'effaça.

Madame Yao nous quitta, emmenant l'enfant. Nous les hommes, après dîner, nous livrâmes aux plaisirs de la conversation. L'humeur caustique de mon ami s'était dissipée et il ne m'entretint que des qualités de sa femme et de son fils. Son mariage remontait à plus de trois ans, mais le couple n'avait toujours pas d'enfant. Sa première femme lui avait donné un fils et une fille, la fillette était malheureusement morte deux mois après sa mère.

Cette nuit-là, je couchai dans le vaste salon vide. La porte gémissait car le vent soufflait au-dehors, arrachant les feuilles des arbres, faisant rouler les cailloux, et les oiseaux cherchaient refuge sous les frondaisons. Je n'éprouvai aucune appréhension mais par manque d'habitude mon repos fut troublé.

Je songeai à mon ami Yao, à sa femme, à son fils et aussi au jeune garçon de la famille Yang. Mes pensées s'attardèrent sur eux. Je comparai l'un à l'autre les deux enfants. Par ailleurs, madame Yao était-elle aussi heureuse que son mari le prétendait. Ces réflexions mirent mon sommeil en fuite. A la fin, l'impatience me gagna et je m'écriai : « A quoi bon te mêler des affaires des autres ? Chacun vit comme il l'entend ! Tu ferais mieux de t'assoupir. »

Mais déjà la nuit pâlissait derrière la fenêtre et, çà et là, semblant se chamailler, perchés sur les auvents et les branches, les oiseaux lançaient leurs premiers cris.

CHAPITRE VIII

Je dormis jusqu'à dix heures et lorsque je quittai mon lit, le soleil inondait la pièce. Lao Wen, le vieux domestique, m'apporta de l'eau pour ma toilette et du thé infusé. De son côté, belle-sœur Zhou me servit le petit déjeuner. Mes hôtes prirent avec moi, dans le salon, le repas du midi.

« Cette fois, dit Yao, nous te faisons une politesse mais à l'avenir nous respecterons ton goût de la solitude.

— Parfait, parfait, répondis-je enchanté, j'ai l'habitude de vivre sans contrainte.

— Par contre si vous avez besoin de quoi que ce soit, monsieur Li, ajouta madame Yao, n'hésitez pas à appeler les domestiques, agissez comme si vous étiez chez vous. »

La jeune femme portait ce jour-là une robe verte et une courte veste blanche. J'avouai que j'avais mal dormi la nuit passée. Elle s'écria : « Rien d'étonnant, cette pièce est trop vaste. Hier j'ai oublié de recommander à Lao Wen d'apporter un paravent qui l'aurait rendue plus habitable. »

La table fut desservie. Le paravent fit son apparition, un cadre de laque noire tendu de soie violette qui permit d'isoler la partie qui me tenait lieu de chambre.

Tous trois, nous passâmes dans cette « chambre » pour poursuivre notre bavardage. Mes hôtes s'étaient assis sur les sofas. Yao fumait et exhalait par intermittence des ronds de fumée. Assise très droite, sa femme, un gobelet de thé à la main, buvait lentement, comme plongée dans ses pensées. Moi-même, détendu, les jambes croisées, je m'étais installé sur la chaise proche de la fenêtre. Nous parlions de la ville, je posai de nombreuses questions, questions auxquelles ils répondaient.

Finalement madame Yao glissa quelques phrases à l'oreille de son mari. Il rejeta la fumée de sa cigarette, se leva, fit quelques pas et me dit : « Cet après-midi, nous sortons tous les deux, sa mère (d'un signe de tête il désigna sa femme) nous a invités et nous devons l'accompagner au spectacle. Cela te plairait-il d'assister à une représentation de l'Opéra de Pékin ? Nous pourrions t'emmener bien qu'ici les acteurs ne soient pas merveilleux.

— Tu le sais, répondis-je, je ne vais jamais voir de théâtre classique. »

Madame Yao se leva également, son mari poursuivit : « Peut-être tes goûts ont-ils évolué, en vieillissant bien des gens y viennent. »

Je répliquai en riant : « Mais pour d'autres, l'obstination augmente avec l'âge. »

Cette réflexion les amusa et madame Yao ajouta : « Mon mari parle pour lui-même. Il s'est toujours cru doté d'un caractère très accommodant.

— C'est bien à toi de dire cela ! Tu n'apprécies pas l'Opéra mais dès que ta mère parle de s'y rendre, tu te proposes pour l'accompagner. Je ne t'ai jamais entendue lui opposer le moindre refus. Tu raffoles des films étrangers mais si tu ne trouves personne pour venir les voir avec toi, tu renonces à sortir. Voilà pourquoi, acheva Yao sur un ton taquin, les gens qui ne sont pas dans le secret te prennent pour une passionnée d'Opéra. »

La jeune femme ne répondit pas. Un sourire se dessina seulement sur ses lèvres, elle semblait fixer un point par la fenêtre mais son visage légèrement poudré s'enflamma. Son regard revint se poser sur son mari et ses lèvres s'agitèrent comme pour supplier celui-ci de se taire mais, sur sa lancée, Yao poursuivit : « Mon ami Li n'est pas un étranger et il ne mettra pas forcément nos propos dans un roman (madame Yao rougit et, pour se donner une contenance, se détourna), en réalité vous partagez les mêmes goûts ! lui aussi apprécie le cinéma étranger. Lorsqu'il se projettera une œuvre de talent, demande-lui de t'accompagner. Par ailleurs, mon vieux Li, quand tu te sentiras l'âme mélancolique, si tu aimes à parcourir les classiques, tu en trouveras un grand nombre dans ma bibliothèque dont je te confierai la clef. » (Il se mit à rire.) « Je sais que tu ne lis pas ces vieilleries. Ma femme possède en quantité des romans de toutes sortes tant anciens que récents, elle en a toute une collection sortie des Presses Commerciales. Bien sûr, ce n'est pas ton genre littéraire mais ce sont tout de même des romans. J'en ai lu quelques-uns et bien qu'ils soient transposés de la langue classique, le style est très vivant. Nous avons également quelques romans récents rédigés en langue moderne. »

Madame Yao semblait craindre de nouvelles piques

et la rougeur qui colorait son teint n'était pas dissipée. Elle se tourna vers son mari et dit d'un ton pressant : « Tu parles sans fin. Tu devrais laisser monsieur Li se reposer et je dois, pour ma part, rentrer faire des rangements... » Comme toujours, un sourire plus lumineux que le soleil éclairait son visage aimable.

« Je me tais, mais quelle impatience ! » s'écria Yao. Il était radieux. « Nous avons suffisamment importuné mon ami Li aujourd'hui, prenons congé et laissons-le écrire en paix. »

Avec courtoisie, je me levai pour les reconduire. A présent j'étais le maître des lieux. De la balustrade, j'observai mes amis qui s'éloignaient tout en poursuivant leur bavardage familier.

CHAPITRE IX

Je ne les revis pas de la journée et personne d'autre ne me dérangea à part les serviteurs. Belle-sœur Zhou renouvela l'eau bouillie de mon thermos et Lao Wen déposa mes repas.

Après mon dîner, il revint avec l'eau nécessaire à ma toilette. Impulsivement, je m'écriai : « Je vous donne trop de travail, désormais je pourrai... »

Le vieil homme battit des paupières et répondit avec déférence : « Que dites-vous, maître Li ! Vous êtes le meilleur ami de monsieur Yao, aussi nous, les domestiques, nous appliquons à vous servir de notre mieux. Si toutefois nos soins laissaient à désirer, je vous en prie, ne manquez pas de nous réprimander. »

Ce discours me mit mal à l'aise. C'était la première fois qu'on s'adressait à moi en me donnant du « Maître Li » et cela me déplaisait souverainement. Assurément Lao Wen utiliserait ce vocable jusqu'à mon départ et cela me parut insupportable. A force de réfléchir, je crus préférable de lui avouer ma répugnance avec franchise : « Lao Wen, tu es ancien ici et tu es différent des autres (c'était un bon début, il s'épanouit) aussi je te prie de ne plus me dire Maître.

Mes subordonnés m'appellent monsieur, je désire que tu fasses comme eux.

— Bien ! mais c'est pour vous obéir, maître Li, euh ! monsieur Li. Je suis ancien ici, c'est vrai, j'ai servi trente années dans la demeure des Yao et j'ai vu grandir mon maître. Son cœur est bon et c'est un homme généreux tout comme l'était notre maître, son père.

— Et ta maîtresse, madame Yao ? questionnai-je.

— Vous voulez parler de ma maîtresse actuelle ? » Je fis un signe d'acquiescement, il poursuivit : « Jamais en trois années de mariage, madame ne nous a offensés. Avant son arrivée ici, les gens racontaient qu'elle était une de ces jeunes filles modernes et nous avions peur qu'elle ne soit difficile à satisfaire. Depuis, tous, nous nous accordons à chanter ses louanges. Elle est aussi belle que bonne et toujours souriante. Elle me témoigne une considération particulière car, dit-elle, je suis le plus vieux serviteur de la famille, et il lui arrive même de me demander mon avis sur des décisions à prendre. Nous autres, c'est sûr, nous avons de la chance de servir un tel maître et une telle maîtresse. » Son air réjoui accentuait les rides de sa figure et l'émotion embuait ses petits yeux étroits.

Je me lavai le visage. Il alla vers la table et enleva la cuvette. Ses propos avaient éveillé ma curiosité, une question me brûlait les lèvres : « Et ta première maîtresse ? »

Il reposa la cuvette et planté devant la table, laissant tomber les bras le long de son corps, il secoua la tête et après m'avoir jeté un coup d'œil, répondit : « Nous autres, serviteurs, ne devons pas parler inconsidérément mais notre ancienne maîtresse était très différente de celle-ci. Elle ne lui arrivait assurément pas à la cheville. Notre ancienne maîtresse a mis au monde un jeune maître puis une jeune demoiselle et, après ses couches, elle est morte... » Il s'interrompit brusquement et tourna la tête dans la direction de la porte.

« J'ai vu ton jeune maître. Il ressemble beaucoup à son père », dis-je, espérant provoquer de nouvelles confidences.

« Sauf qu'il est deux fois plus coléreux ! » risposta Lao Wen en me regardant puis, à nouveau, il se détourna vers la porte. Il semblait craindre l'effet des paroles qui lui avaient échappé mais, trop tard, je les avais déjà très distinctement entendues.

« Ne t'inquiète pas, je ne répéterai cette conversation à personne. Ce que tu dis est vrai, je l'avais moi-même remarqué. Et votre petit maître n'observe pas non plus une attitude très correcte envers votre maitresse.

— M.....onsieur Li, vous ne savez pas tout ! Si Petit Tigre se montre hargneux envers sa belle-mère, il ne se comportait pas mieux envers sa propre mère. Lorsque notre ancienne maîtresse a quitté ce monde, Petit Tigre allait vers ses sept ans. Il n'a pas versé une seule larme. Sa grand-mère le gâte trop et notre maître également. Notre maîtresse voudrait reprendre son éducation mais elle n'y parvient pas. » Il s'approcha de moi et baissant la voix : « J'ai entendu madame Zhou dire que notre maîtresse a plus d'une fois pleuré à cause de cet enfant, mais cela, même notre maître l'ignore. » Il marqua une pause et reprit toujours à voix basse : « Quand madame va visiter ses parents, elle lui demande de l'accompagner mais lui s'obstine à refuser. La grand-mère de Petit Tigre répète tout le temps que notre maîtresse actuelle est incapable d'élever le fils de sa fille défunte. Ces deux dernières années, la vieille dame n'est plus jamais venue ici et c'est elle qui très souvent envoie chercher son petit-fils. Et pourtant notre maîtresse n'a pas manqué d'aller lui présenter ses devoirs pour le Nouvel An. L'année dernière, la famille Zhao qui craignait les alertes aériennes s'est installée à la campagne pour plus de six mois et Petit Tigre l'a rejointe et a passé là-bas les deux tiers de ce temps. Ensuite, il ne voulait plus revenir ici. Nos maîtres nous ont envoyé le chercher à plusieurs reprises. Finalement, à son retour, il a fait une colère épouvantable, disant que s'il était tué au cours d'un bombardement, ses parents en porteraient la responsabilité. Son père ne l'ayant pas grondé, que pouvait ajouter notre maîtresse ? La vérité est que, chez sa grand-mère, Petit Tigre n'ouvre pas un livre et que toute la journée, il joue à des jeux d'argent avec ses cousins...

— Pourquoi ton maître se montre-t-il aveugle à ce point ? l'interrompis-je, il a le devoir de bien élever un enfant aussi jeune. »

Lao Wen soupira et reprit : « Notre maître gâte son fils. Il en a toujours été ainsi. Et nous les serviteurs cela nous donne du souci. » Sans s'en apercevoir, il éleva la voix : « Il n'est plus si jeune, Petit Tigre, il va avoir douze ans et il est en retard dans ses études. » Dans un mouvement d'exaspération, il redressa la tête et dit comme pour lui-même : « Après tout, ce que j'ai dit est dit. Je me fiche qu'on m'ait entendu. Le pire qui puisse m'arriver, c'est d'être obligé de demander un congé.

— Petit Tigre a douze ans? je lui en aurais à peine donné dix!

— Il est trop fripon pour grandir! » répliqua-t-il, un reste de colère dans la voix.

« Ce petit Yang qui était là hier, lui aussi est bien jeune... », remarquai-je.

« Le petit Yang? » répéta Lao Wen étonné, mais il n'attendit pas que je précise et enchaîna tout aussitôt : « Ah oui! celui qui vient tout le temps chiper des fleurs. Autrefois, les Yang étaient des richards, peut-être plus riches encore que notre maître. Aujourd'hui ils ont encore de quoi vivre mais ils ont perdu leur fortune. Notre portier, Li Laohan, raconte que le jeune Yang est un brillant élève, à quatorze ans il en est déjà à sa troisième année de collège.

— Mais votre maître prétend que ce garçon est paresseux.

— Ça, c'est l'opinion de notre maître. Moi, ce que je répète c'est ce que m'a raconté le portier. Finalement, qui croire? Au début, nous avons pensé, si le jeune Yang est un bon élève pourquoi vient-il aussi souvent chiper des fleurs dans le jardin? Ses raisons nous paraissaient incompréhensibles. Nous avons interrogé le portier, il ne veut rien nous dire et si nous insistons, il se met à pleurer. Hier, lui et moi, nous avons encore eu une discussion à ce sujet. Il m'a demandé de laisser entrer le garçon en cachette de monsieur et du jardinier. Ce n'est pas que je veuille faire des ennuis au jeune Yang, tout le monde l'aime bien et autrefois la propriété appartenait à sa famille. Prendre deux branches de camélias n'est pas un grand larcin, notre maître et son fils n'en font pas cas et madame est la seule qui prenne plaisir à les regarder.

Quelques fleurs de plus ou de moins dans le jardin, quelle importance, m'a-t-elle fait remarquer, si ce garçon en a envie, laissez-les-lui emporter. Cela rend furieux notre camarade Zhao, c'est lui qui remplace le jardinier malade et absent pour trois mois, aussi il déteste qu'un étranger pénètre dans son nouveau domaine. Notre maîtresse a également ordonné d'interdire l'accès de la propriété au jeune Yang de peur qu'il ne donne le mauvais exemple à Petit Tigre. Cela explique la hargne de mon camarade Zhao quand il tombe sur le garçon. Il essaie de le chasser mais celui-ci a beau ne pas être très vieux, il est vigoureux et a la langue bien pendue, Zhao n'y arrive pas toujours tout seul et je dois lui donner un coup de main.

— Votre maître craint-il que le jeune Yang détourne Petit Tigre de l'étude, les deux enfants aiment-ils à jouer ensemble ?

— Peuh ! Petit Tigre regarderait l'autre de haut, il ne respecte que l'argent et la puissance. Nous, les serviteurs, il nous ignore et ne nous adresse jamais la parole. Notre maître le gâte bien trop.

— Mais votre maîtresse est une femme intelligente. Ne pourrait-elle conseiller votre maître, lui reprocher sa négligence en ce qui concerne l'éducation de Petit Tigre ? »

Lao Wen secoua la tête avec une expression désolée : « Ça ne servirait à rien. Notre maître est un homme qui, en général, y voit très clair mais, au sujet de son fils, il est complètement aveugle. Si on essaie de lui en parler, il refuse d'écouter. » Le vieux domestique se courba vers moi et, baissant la voix, ajouta gravement : « Il paraît que notre maîtresse a voulu, à plusieurs reprises, discuter la question avec lui. A la maison, Petit Tigre ne veut pas étudier; le plus souvent, il se rend chez sa grand-mère pour jouer à des jeux d'argent et il y prend de mauvaises habitudes. Aussi, elle, sa belle-mère, n'a-t-elle plus de prise sur lui; d'autre part, elle craint les commentaires malveillants de la famille maternelle du garçon et trouve que c'est au père de veiller sur l'éducation de son fils. Notre maître s'est contenté de lui répondre que tous les jeunes garçons étaient faits de cette pâte, qu'ils changeaient en grandissant et que, Petit Tigre étant doté d'une vive intelligence, il était inutile de s'inquiéter. Après plusieurs rebuffades, madame n'a plus osé aborder la question. La famille Zhao lui cherche noise, la vieille dame et les deux tantes de Petit Tigre ne se bornent pas à cancaner mais en plus, elles encouragent Petit Tigre à donner du fil à retordre à sa belle-mère. Ça, c'est le cadet des soucis de notre maître. Madame a dit à madame Zhou, sa servante, que finalement c'était heureux qu'elle n'ait pas elle-même d'enfant, sinon son rôle actuel eût été encore plus difficile à tenir.

— Tout n'est pas rose ici pour votre maîtresse, dis-je avec sympathie. J'ajoutai indigné : c'est à peine croyable !

— C'est vrai, mais sans madame Zhou, nous n'en saurions rien. Madame est toujours souriante avec une phrase aimable pour chacun de nous. Nous avons prié les ancêtres de notre maître de la bénir afin qu'elle mette au monde deux fils qui, plus tard, la couvriront d'honneur. »

Les vœux de bonheur si sincères du vieil homme résonnèrent faiblement dans le vaste salon. Il se frotta les yeux, cette vision me serra le cœur. Je me levai et, en silence, fis quelques pas.

Je sentis que son regard restait fixé sur moi. Je me rassis. Il avait le front baissé. J'attendis qu'il parle à nouveau :

« Monsieur Li, je vous prie de ne répéter mon bavardage à personne », me demanda-t-il peu rassuré. Toute trace de colère avait disparu de sa physionomie. Il m'adressait un appel désarmé. Sa bouche édentée me fit penser à la sombre cavité d'un four.

« Tu peux être tranquille, lui affirmai-je avec émotion, je ne trahirai pas tes confidences.

— Merci, merci ! Monsieur Li, je vous ai ouvert mon cœur. Je ne suis qu'un domestique et je n'ai pas étudié, néanmoins je sais distinguer le bien du mal et le vrai du faux. Cette situation nous rend tous bien malheureux. » Des larmes roulaient sur ses joues, il baissa la tête, se saisit à nouveau de ma cuvette de toilette et sortit me laissant seul.

J'avais appris beaucoup à travers les quelques confidences que j'avais provoquées. Je restais, cependant, sur ma soif, et la curiosité me dévorait.

CHAPITRE X

Le lendemain, en m'apportant mon petit déjeuner, Lao Wen m'apprit que Petit Tigre n'était à nouveau pas, la veille au soir, rentré de chez sa grand-mère. Le vieux serviteur me confia, entre autres choses, que le garçonnet colportait des ragots sur sa belle-mère. J'en fus très contrarié, au point qu'ensuite je ne parvins pas à me mettre au travail. Aller flâner par les rues, en ces circonstances, ne me souriait pas davantage. J'arpentai sans répit le salon et le jardin puis me laissai tomber sur le sofa et recommençai mes allées et venues.

Je songeai brusquement que tuer le temps au cinéma me sortirait de cet accès de cafard. Au détour de la balustrade, j'aperçus belle-sœur Zhou avec mon dîner. Elle venait, me dit-elle, à la place de Lao Wen qui avait demandé la permission de sortir en ville.

Je dus faire demi-tour. Elle me prépara du thé et après le repas me versa de l'eau pour que je puisse me rincer le visage et les mains.

Dans la quarantaine, belle-sœur Zhou était une femme vive et alerte. Les cheveux tirés en arrière, ramenés dans un épais chignon, elle avait le visage allongé, le teint foncé, les pommettes saillantes et les lèvres pleines. Elle donnait l'impression d'une grande robustesse. Comme elle demeurait silencieuse, je lui demandai si Petit Tigre se trouvait à la maison.

« Lui ! Inutile de le dire, il est chez sa grand-mère. Madame est allée rendre visite à sa famille à elle et l'a supplié en vain de l'accompagner, mais il n'aime que jouer de l'argent chez les Zhao », commenta la servante avec mépris, puis elle pinça les lèvres.

« Votre maître lui a donné l'ordre de suivre sa belle-mère et à nouveau il a désobéi ?

— Son père lui passe tout. Ce garçon est le Petit Tigre et le Petit Empereur de la famille Yao. » Elle détourna le visage et se tut.

Mon dîner terminé, je sortis dans l'intention d'aller au cinéma. Devant le porche, installé dans un vieux fauteuil, le portier fumait. M'apercevant, il se leva, posa sa pipe et avec un sourire, me salua respectueusement d'un : « Maître Li ! »

Je franchis le seuil. Ce maître résonnait désagréablement à mes oreilles, aussi, je revins sur mes pas. Le portier, qui avait repris sa confortable position, se releva aussitôt.

« Assieds-toi ! Ne fais pas de manières », lui intimai-je et je poursuivis avec douceur : « Ne m'appelle pas " maître ", tout le monde m'appelle monsieur. Tu comprends ce que je veux dire ?

— Oui, monsieur », répondit-il avec docilité.

« Assieds-toi, assieds-toi ! » Il n'y avait là personne d'autre que nous. C'était l'occasion ou jamais de le confesser au sujet du jeune garçon de la famille Yang. Je pris un tabouret et me plaçai en face de lui, il ne put faire autrement que de m'obéir.

« Est-il vrai que tu as servi longtemps chez les Yang ? » lui demandai-je en fixant son crâne chauve.

« C'est vrai. Je suis entré au service du seigneur Yang dès que la construction de l'hôtel particulier a été terminée. C'était pendant la trente-deuxième année du règne de l'empereur Guangxu. Il y a plus de trente ans que je fais partie de la maison. Pour commencer, j'étais porteur de chaises, mais dans la sixième année de la République, j'ai eu la jambe brisée au cours d'une rixe. Le vieux seigneur paya mes soins et fit de moi son portier. » Il baissa la tête, tapa sa pipe contre une de ses semelles puis se hâta d'écraser les cendres incandescentes qui en étaient tombées. Ce geste accompli, il posa la pipe sur une chaise qui se trouvait derrière lui.

« Les Yang se portent-ils bien ? » questionnai-je avec les marques d'un vif intérêt.

« Le vieux seigneur a quitté ce monde la vingtième année de la République[1]. Son fils est également décédé, il y a plus de cinq ans, laissant lui aussi un fils unique qui a vendu la propriété puis est parti pour l'arrière. J'ignore ce qu'il est devenu. Le deuxième fils du vieux seigneur s'est fixé à Hengyang dans le Hunan et ses affaires sont prospères. Le quatrième fils vit toujours ici. Il a une très belle place, il est sous-directeur d'une importante compagnie. Par contre, le troisième fils a jeté son héritage par les fenêtres et il tire le diable par la queue... » Il soupira, hocha la tête puis passa la main sur sa moustache blanche.

« Le jeune garçon qui est venu hier est bien un membre de la famille Yang, n'est-ce pas ?

---

1. Les trois dates indiquées à la manière traditionnelle sont respectivement : 1907, 1917 et 1931.

— Oui, c'est le fils cadet de Yang-le-troisième. Il est le portrait craché de son père ; comme lui, il est beau, intelligent et discoureur. Quand Yang-le-troisième était enfant, il était le préféré du vieux seigneur qui l'a trop gâté. Plus tard, alors qu'il était déjà marié, de mauvais amis l'ont entraîné à manger son bien, tout a été ratissé, même la dot de sa femme. Finalement sa femme et son fils aîné se sont fâchés avec lui et il n'y a que son petit dernier qui l'aime toujours. »

Je m'écriai : « C'est donc qu'il vit encore !

— Il... Non ! je ne sais rien », répondit le portier en secouant la tête. Il se détourna mais j'avais eu le temps d'apercevoir des larmes dans ses yeux et je compris qu'il me cachait quelque chose. J'étais résolu à lui arracher la vérité.

« Son fils aîné n'est-il pas employé aux postes ? Dans ce cas, il est en mesure d'assurer la subsistance des siens. Mais le petit fréquente toujours le collège et ses études doivent coûter cher !

— C'est sûr ! mais les deux frères sont comme les deux doigts de la main et le jeune est drôlement fort, aux examens, il est toujours dans les premiers. C'est son père que l'aîné n'aime pas », me confirma le portier, rayonnant de fierté tout en tortillant sa barbe.

« Vrai, le complimentai-je, j'ai tout de suite vu que ce jeune Yang était un garçon bien. Cependant quelque chose ne me paraît toujours pas clair. Pourquoi vient-il constamment ici, dérober des fleurs et se prendre de querelle avec les domestiques ? S'il aime les fleurs, il peut en acheter, ce n'est pas ce que ça coûte ! Pourquoi aller en chercher chez des particuliers ?

— Monsieur Li, si vous saviez comme cet enfant est

affectueux ! Les fleurs qu'il prend ici ne sont pas pour lui.

— Mais si c'est pour les offrir ces fleurs, il peut tout aussi bien les acheter. C'est facile de se procurer des camélias.

— Pas si facile, reprit le portier, une lueur dans les yeux, et de toute façon on n'en trouve pas qui égalent les camélias des Yang. Les camélias de notre jardin ont été plantés il y a plus de trente ans quand Yang-le-troisième était encore un petit garçon. L'un donnait des fleurs rouges, l'autre, des fleurs blanches. Il y a deux ans, Petit Tigre a arraché le camélia blanc et maintenant il ne reste que le camélia rouge. Yang-le-troisième aimait énormément ces camélias. Il était sans travail et pourtant ce n'est pas lui qui a voulu vendre la résidence. Ce sont ses frères, Yang-le-deuxième et Yang-le-quatrième, ils voulaient mettre davantage d'argent dans leurs affaires, aussi, ils l'ont exigé à grands cris. Le fils aîné de Yang-le-premier, bien qu'âgé de vingt-huit ans, n'était pas encore marié. Ce garçon avait un sale caractère et jusque-là, il avait toujours regardé ses oncles du haut de sa grandeur. Mais cette fois, ce fut l'union sacrée. Il voulait sa part d'héritage pour aller faire des études à l'étranger et quitter le pays. La femme de Yang-le-troisième exigeait de son côté le remboursement de sa dot car elle en avait besoin pour vivre. Tous les membres de la famille étaient d'accord, sauf Yang-le-troisième, aussi personne n'a tenu compte de son opposition. Ils se sont dépêchés de vendre de peur que les uns ou les autres ne changent d'avis. La propriété a été bradée et Yang-le-troisième a été oublié dans le partage. » Le portier arrêta là son récit.

« Comment ont-ils pu agir ainsi à son égard ? Sa femme ne lui a-t-elle même pas remis de quoi subsister ? » Je restais persuadé qu'il ne m'avait pas raconté le plus important.

« Elle aurait dû le faire, monsieur Li, c'est certain », acquiesça-t-il avec politesse.

Il ne me dirait plus rien, je le sentais. Il avait probablement compris que j'essayais de lui extorquer ses secrets et ce : « C'est certain » mettait un terme à notre entretien. Pousser plus loin mes investigations ne ferait qu'accroître sa méfiance, mieux valait attendre une occasion plus favorable.

Tandis que ces réflexions me passaient par la tête, j'aperçus, le temps d'un éclair, une silhouette devant l'entrée. D'un bond, le portier se leva. Il avait changé de couleur, la peur était peinte sur sa face ronde. Il semblait avoir vu un fantôme.

J'étais moi-même stupéfait. A mon tour, je me levai et franchis le seuil. Je scrutai la rue : un homme grand et maigre, les cheveux collés par la poussière, vêtu d'une robe grise qui virait au noir à force de crasse, s'éloignait avec rapidité comme s'il craignait d'être poursuivi.

CHAPITRE XI

Je pris la même direction que le fuyard. J'atteignis un bâtiment qui paraissait être un temple et sur le fronton duquel je distinguai l'inscription : Temple du dieu Renard[1]. Les propos de mon ami Yao me revinrent en mémoire. Ne m'avait-il pas raconté avoir aperçu à la porte de ce temple le jeune Yang en conversation avec un mendiant ? Cet édifice, avait-il précisé, était tout proche de sa résidence, en réalité, un bon bout de chemin les séparait. La curiosité me poussa à entrer.

C'était un tout petit sanctuaire. Peut-être autrefois, les fidèles s'y étaient-ils pressés en grand nombre mais cette époque n'était plus qu'un souvenir. Seule dans sa niche, où ne restait qu'un lambeau de tissu, se dressait la tablette de la divinité. Sur les murs, étaient accrochés des panneaux rongés qui portaient des inscriptions telles que : « Que tous vos vœux se réalisent. » La table destinée aux offrandes avait perdu un pied et un unique bâtonnet d'encens se consumait dans le

---

1. Analogues à nos loups-garous, les dieux renards étaient très redoutés et un culte, destiné à les amadouer, leur était rendu. Ces superstitions subsistent encore de nos jours dans les campagnes chinoises.

brûloir. Comme il n'y avait pas de bougeoirs, deux cierges avaient été fichés dans deux grosses raves. Au milieu de l'autel, un bouquet de camélias rouges s'épanouissait, je ne pouvais en douter, c'était celui-là même que j'avais cueilli la veille pour le jeune Yang.

Comme c'est curieux, pensai-je, comment ces fleurs sont-elles parvenues ici ? Je sentais que la solution du mystère était proche.

Je franchis la petite porte qui se trouvait sur le côté de la niche du dieu. Elle donnait sur l'arrière du temple, des marches menaient à une courette bordée d'un mur de briques. Au sommet de ces marches, contre le fond de bois de la niche, sur un tas de paille, était étendue une natte en raphia. A côté d'une couverture usagée et d'un oreiller, une cuvette de toilette contenait de menus objets. Quelqu'un, à l'aide de briques empilées, avait construit un fourneau sur lequel chauffait une marmite en terre.

Qui pouvait bien demeurer ici ? Existait-il une quelconque relation entre le jeune Yang et cet inconnu ? Le jeune Yang rendait-il un culte à ce dieu ? Je m'interrogeai, fixant sans la voir la marmite sur son socle de fortune.

Une faible toux retentit derrière moi. Je me détournai et vis un homme grand et maigre, à la chevelure emmêlée, vêtu d'une longue robe grise et crasseuse. Je le reconnus, c'était lui qui venait de se faufiler devant la porte des Yao. Il me considérait avec appréhension.

Je l'examinai plus attentivement. Il paraissait ne pas s'être débarbouillé de longtemps et, malgré cela, ses traits marqués par l'âge conservaient toute leur distinction. Son regard restait vif. Le nez déviait légèrement vers la gauche et la lèvre supérieure, très

65

fine, découvrait les dents. C'était étrange, mais j'avais l'impression d'avoir déjà rencontré ce personnage.

Il m'observait, lui aussi, sans prononcer une parole, sans esquisser un geste. Je ressentais un profond malaise. Il me semblait que toute la crasse dont il était recouvert allait venir se coller sur moi. Je ne pus supporter cette impression plus longtemps et rompis le silence :

« Habitez-vous ici ? »

Sans changer d'expression, il inclina la tête. Après une pause, je désignai la marmite sur le feu : « Cela bout ! »

Il répondit par le même signe.

« Vous vivez seul ici ? » Une minute s'écoula, puis il répéta son geste.

Etait-il muet ? Je restai là à le contempler et fus soudain frappé par la ressemblance qu'il présentait avec le jeune Yang. Chez tous deux, la forme du nez et de la bouche était identique et leurs yeux presque semblables.

C'était une découverte inespérée. Cet individu pouvait-il être Yang-le-troisième, le père du garçon ?

Je devais l'interroger, lui faire raconter sa vie. A quoi bon, il garderait le silence, se contenterait d'incliner la tête et me resterait impénétrable. En admettant qu'il ne soit pas muet et qu'il soit le père de l'adolescent, il ne consentirait jamais à dévoiler ses secrets à un inconnu. Je perdais mon temps.

Découragé, je m'esquivai par la petite porte. Il me suivit. En passant devant l'autel, à la vue des branches de camélias, je ne pus m'empêcher de lui demander :

« Ces fleurs vous appartiennent ? »

66

A nouveau, il inclina la tête mais cette fois, je remarquai l'esquisse d'un sourire au coin de ses lèvres.

« C'est moi qui les ai cueillies hier dans la résidence des Yao », affirmai-je en désignant le vase.

Il me jeta un regard perplexe et sourit faiblement (j'en eus du moins l'impression mais ne puis l'assurer) et, une fois de plus, il inclina la tête.

Je ne pus me retenir d'ajouter :

« Ces fleurs vous ont-elles été offertes par le jeune Yang ? »

Il fit ce même signe d'acquiescement puis, me plantant là sans plus de façons, il traversa la cour pavée et s'arrêta devant la porte. Je ne parvenais pas à distinguer l'expression de sa physionomie. La nuit approchait et l'intérieur du temple s'obscurcissait.

Je sortis en éprouvant un sentiment d'échec. Derrière moi retentit le claquement d'une porte. Je me retournai. La grande porte à deux battants dont la laque noire était ternie s'était refermée sur cet individu qui jouait les muets et ne savait qu'incliner la tête.

Je tirai ma montre, il était seulement six heures dix. Je hélai un jeune tireur de pousse-pousse qui passsait et lui demandai de me mener au cinéma Rongguang.

Ces trop nombreux mystères m'oppressaient. J'avais besoin d'oublier, de me distraire.

CHAPITRE XII

Il n'était pas encore neuf heures et demie lorsque je regagnai la résidence des Yao. Petit Tigre se trouvait dans le salon et, de là, invectivait très grossièrement le serviteur Zhao Qingyun. Assis sur le seuil de la loge, celui-ci, qui portait une courte tunique dont les manches, découvrant des bras robustes, étaient retroussées presque jusqu'aux épaules, répondait sur le même ton. Installé sur un banc de laque noire, à droite de la porte intérieure, son camarade Lao Wen fumait la pipe.

Lao Wen se leva pour me saluer.

« Monsieur Li, vous voilà de retour ?

— Que se passe-t-il ? » demandai-je en désignant Petit Tigre.

« Il a perdu gros au jeu et s'est mis en colère. Il reproche à Zhao d'être venu le chercher trop tôt chez sa grand-mère. Mais l'ordre venait de madame. Petit Tigre doit réviser ses leçons ce soir car demain matin, il se lève à six heures pour être en classe à sept heures. La vérité est qu'il est feignant comme pas un. » Lao Wen poussa un soupir et branla le chef. « Il s'offre dix jours de congé par mois et le reste du temps, il arrive en retard. On ne parviendrait pas à remplir un panier avec les caractères qu'il a retenus pendant sept années d'études. Tout cela finira mal !

— Votre maître est-il rentré ?

— Il est encore trop tôt. Aujourd'hui notre maître et notre maîtresse ont accompagné la vieille dame à l'Opéra. Ils ne seront pas là avant minuit. Le jeune maître profite de l'absence de son père pour faire une scène ; nous, ça ne nous fait ni chaud ni froid. Il n'y a que cette tête de bois de Zhao Qingyun pour le contrer. Ses ennuis, il les cherche ! »

Petit Tigre faisait des bonds dans le salon, les pires injures à la bouche, il se montrait de plus en plus grossier. Finalement, il sauta dans la cour, menaçant de rosser Zhao Qingyun. Le domestique, aussitôt sur ses pieds, se mit en position de défense et cria : « P... de ta mère ! Ose un peu pour voir et je te réduis en chair à pâté ou je ne m'appelle plus Zhao ! »

Effrayé, Petit Tigre recula. Au même moment, venant de derrière le portail, accompagné par les voix criardes des tireurs de pousse, résonna le bruit d'un klaxon. Petit Tigre, enfonçant ses mains dans les poches de son complet, avança aussitôt vers son adversaire triomphant, s'écria : « Bien, lève la main sur moi ! Ton maître est de retour. Ose-le donc ! »

Trois pousse-pousse s'arrêtèrent devant la porte intérieure. Successivement descendirent des véhicules une femme d'âge mûr qui portait une robe unie, une jeune fille aux cheveux nattés en robe chinoise fleurie puis un jeune homme d'environ dix-sept ans, en tenue d'étudiant. Lorsqu'ils franchirent le seuil, Lao Wen les salua avec déférence et ils répondirent d'un signe de tête.

N'apercevant pas son père parmi les arrivants, Petit

Tigre détala jusqu'au salon. Réfugié au sommet de l'escalier, il reprit à tue-tête son injurieuse litanie. La dame et la jeune fille passèrent près de lui, il ne leur accorda pas la moindre attention et elles firent comme s'il n'existait pas. Seul le jeune homme s'arrêta et, en riant, questionna : « Avec qui te chamailles-tu, cousin ?

— Mêle-toi de tes oignons ! » répliqua coléreusement Petit Tigre.

Le jeune homme sourit comme si de rien n'était et gagna les appartements intérieurs par une porte latérale.

Je demandai à Lao Wen si cet étudiant était bien un cousin du garçonnet.

« Sûr, et la dame est sa tante. Elle est veuve et les deux jeunes gens sont ses enfants. Ils connaissent le caractère emporté de notre jeune maître et lorsque c'est possible, ils évitent de le rencontrer. Quand son père est absent, Petit Tigre ne leur témoigne pas le moindre égard. Vous avez pu le constater de vos propres yeux, il n'a même pas salué sa tante, la sœur aînée de son père. Le mari de cette dame est mort prématurément, mais il a laissé des terres qui font vivre les siens. Notre maître, dont la maison est trop vaste pour trois personnes, a eu la bonté de leur offrir l'hospitalité. Notre maître et madame leur témoignent beaucoup de considération mais Petit Tigre les regarde de haut. Il répète que sa tante est une pauvresse alors que eux, les Yao, sont riches à dizaines d'hectares cultivables. Quelle vertu y a-t-il à recueillir l'héritage de ses ancêtres ? Sa cousine et son cousin ont été admis à l'université, ils ne jettent pas l'argent par les fenêtres et tout le monde fait leur éloge. Mais ces éloges, ils les ont mérités par leur conduite personnelle. » Lao Wen s'échauffait en parlant de Petit Tigre et il n'avait pu s'empêcher de lâcher ses griefs d'un coup. La scène à laquelle nous étions en train d'assister me permettait de comprendre sa réprobation.

« Un jour prochain, je mettrai votre maître en garde. S'il laisse aller les choses ainsi, l'enfant va mal tourner et votre maîtresse en sera désespérée.

— Cela ne servira à rien, monsieur Li. Notre maître se bouche volontairement les yeux quand il s'agit de son fils. Il faut compter aussi avec la famille de sa mère défunte. Ces gens-là pourrissent Petit Tigre. Le pire est que ces Zhao sont encore plus riches que notre maître et Petit Tigre ne respecte que l'argent. Notre maîtresse actuelle par contre vient d'une famille modeste, moins fortunée encore que celle de madame la Tante. C'est pourquoi le garçon fait le dédaigneux avec sa belle-mère. La première année qui a suivi le remariage de son père, Petit Tigre est allé deux fois dans la famille de madame mais ensuite, il aurait préféré qu'on le tue sur place plutôt que d'y retourner.

— De combien de personnes est composée la famille de votre maîtresse ?

— Madame a encore sa mère. Son frère aîné est marié et père de deux garçons. Ce frère a au moins dix ans de plus que madame. Il est professeur à l'université et sa réputation est excellente. Les deux enfants sont pensionnaires. La famille de madame a beau ne pas être riche, ce sont des gens qui se contentent de ce qu'ils ont et sont heureux. Dans la famille de la mère de Petit Tigre, par contre, la famille Zhao, les hommes ne s'occupent à rien de sérieux. Ils ne savent qu'étaler leur richesse et perdre leur temps au jeu ; même nous, les serviteurs, nous trouvons cela honteux. Pensez, monsieur Li, comment Petit Tigre qui passe ses journées chez ces gens-là n'y prendrait-il pas de mauvaises habitudes ? » Et comme je le félicitai de sa perspicacité, il ajouta : « Monsieur Li, gardez vos compliments pour d'autres. Nous les serviteurs, que nous ayons le nez fin ou non, cela ne nous avance guère, notre condition ne changera pas pour autant. Devant mon maître, je n'oserai rien dire, il a lu tant de livres, visité tant d'endroits qu'avec lui, je ne peux que la boucler. Alors comment « plaider la cause » de madame ? Les mots me resteraient dans la gorge. De plus ce sont des époux qui s'aiment tendrement et sont cités comme un couple exemplaire !... Tiens ! Petit Tigre est parti se coucher. Monsieur Li, il est également temps d'aller vous reposer. Je vous ai embêté trop longtemps. Je vais chercher l'eau pour votre toilette. »

Lao Wen glissa sa pipe éteinte dans la ceinture de son pantalon. Hochant la tête et soupirant, il gagna la cour. Il ne me restait qu'à le suivre dans le « Jardin du repos ».

CHAPITRE XIII

Je vivais ainsi chez les Yao. Mon ami respectait ma liberté et je me sentais bien chez lui. Le jardin était calme et peu fréquenté. Si des visiteurs se présentaient, Yao les recevait dans le salon. Lui-même s'absentait souvent pour la journée. Je savais qu'il n'exerçait aucune profession et il avait la réputation de peu goûter les relations sociales. J'interrogeai Lao Wen sur les occupations quotidiennes de son maître. Le vieux serviteur me confia que mon ami se rendait souvent au « Jardin des divertissements honnêtes » où il buvait du thé en écoutant jouer du luth et parfois madame l'accompagnait.

Une semaine ne s'était pas écoulée que je repris la plume pour écrire mon septième livre (mon quatrième roman). Les héros en étaient un vieux tireur de pousse-pousse et une chanteuse aveugle. Avant de revenir dans ma ville d'origine j'avais discuté avec un écrivain chevronné de l'intrigue et de la forme du roman. Il m'avait alors demandé de lui réserver le manuscrit pour la collection qu'il dirigeait chez un éditeur. J'avais accepté et je devais tenir mes engagements.

Ma plume courait avec aisance. Installé dans le salon, j'avais au bout d'une semaine aligné plus de trente mille caractères, et pensais pouvoir achever mon ouvrage une vingtaine de jours plus tard.

Le soir, après le dîner, j'avais pris l'habitude de partir flâner à travers les rues. Parfois, ma promenade m'entraînait assez loin mais, il m'arrivait aussi de me contenter d'une courte incursion dans le voisinage et de rentrer ensuite m'asseoir sur le banc placé devant le porche pour bavarder avec le portier. Nous discutions de tout et du reste mais, sitôt que j'évoquai la famille Yang, défiant, il se fermait ou détournait la conversation.

Je passai chaque jour devant le Temple du dieu Renard. La grande porte restait étroitement close. Je lui donnais de légères poussées mais en pure perte. Une fois, je me trouvais à une distance de quelques pas quand je vis un garçon sortir de l'édifice. Je le reconnus, aucun doute, c'était le jeune Yang. Il courait droit devant lui et se fondit dans la foule. Je m'avançai jusqu'au temple, le muet se tenait devant la porte. Nous nous dévisageâmes. A part les larmes qui embuaient son regard, il avait toujours la même apparence. Je remarquai qu'il tenait un livre dans la main gauche.

Il recula pour me fermer la porte au nez. Je m'empressai de bloquer un des battants et, désignant le livre, lui demandai : « Quel est cet ouvrage ? »

Il eut l'air de ne pas comprendre puis me présenta le livre ouvert. C'était une édition lithographique en grands caractères, certains étaient cerclés de rouge. Je reconnus deux vers du poète Bai Juyi :

« Cette nuit, nous contemplerons la même lune en versant les mêmes larmes. Séparés par cinq pays étrangers, une nostalgie semblable nous unira. »

Ce recueil des *Trois cents poèmes Tang*[1] datait de plus de vingt ans.

« Vous lisez la poésie des Tang ? » demandai-je avec douceur.

Il hocha à nouveau la tête tout en reculant.

Je me rapprochai de lui et poursuivis sur un ton amical : « Quel est votre nom ? »

Il fit ce même signe. Des larmes ruisselaient sur sa figure sans qu'il y prenne garde.

Je jetai un regard à l'autel. Un bâtonnet d'encens se consumait dans le brûloir et les fleurs de camélias s'étaient desséchées dans leur vase. Je remarquai : « Il faudrait remplacer les fleurs. »

Cette fois, il oublia d'exécuter sa mimique habituelle. Il fixait stupidement les camélias et sur ses joues, deux larmes paraissaient suspendues à un fil.

Il me vint brusquement à l'esprit que nous étions samedi. Cela faisait juste quinze jours que j'étais arrivé chez les Yao. C'était aussi un samedi que le jeune Yang était venu chercher les fleurs. Peut-être était-ce le jour qu'il réservait à son père. C'était évident, le muet était bien Yang-le-troisième. La propriété une fois vendue, m'avait raconté le portier, le malheureux avait été exclu du partage et, sans doute à ce moment-là, les autres s'étaient-ils entendus pour le chasser. Comment par la suite ce fils de famille en était-il venu à habiter un temple, à perdre l'usage de la parole ? Cela devait être une très longue histoire dont je n'étais pas en mesure de connaître les étapes. Lui-même ne pouvait rien raconter, l'enfant s'y refuserait, quant au

1. La dynastie Tang (518-907) est considérée comme l'âge d'or de la poésie classique. Né en 772 Bai Juyi (Po Kiu Yi) mourut en 846.

portier... Le portier ne voulait plus parler des Yang avec moi.

Le muet se mit à tousser à plusieurs reprises, je le regardai avec compassion, comment pouvais-je le soulager ? Il se domina puis, me désignant la porte, me congédia d'un geste. J'hésitai un instant, puis m'exécutai.

Les lourds vantaux se refermèrent derrière moi. Je ne me retournai pas pour regarder en arrière. La nuit n'était pas encore tombée, l'air était transparent et un croissant de lune argenté flottait dans le ciel bleu pâle.

Espérant chasser ces mystères de mon esprit, je parcourus la rue avec lenteur.

CHAPITRE XIV

Une voix aux accents familiers me héla : « Li ! Mon vieux Li ! » D'un pousse qui venait au-devant de moi, jaillit une énorme silhouette.

Je m'immobilisai et levant la tête, je reconnus debout sur la chaussée mon ami Yao qui souriait d'une oreille à l'autre.

« Je n'arrivais pas à te trouver et je commençais à m'inquiéter. Je n'aurais pas cru te découvrir là, planté au beau milieu de la rue. C'est une chance ! »

Il ordonna au tireur de rentrer avec son véhicule et celui-ci s'ébranla. « Tu as l'air absolument enchanté, constatai-je, que t'arrive-t-il d'heureux ?

— Te rencontrer me délivre d'un problème, répondit-il avec un rire, j'avais rendez-vous à sept heures avec ma femme pour aller au cinéma et nos deux places étaient prises. Comment aurais-je pu deviner qu'en me rendant dans la famille de mon ancienne épouse, les Zhao, ceux-ci me retiendraient à dîner et insisteraient pour que j'accompagne ce soir la douairière à l'Opéra du Sichuan ? Il serait impensable que je leur oppose un refus. Alors comment ne pas décevoir ma femme ? J'ai pensé à toi pour me remplacer. J'ai craint que tu ne sois pas de retour à temps, tout s'arrange à présent !

— Mais, dis-je, tu peux aller d'abord au cinéma et ensuite à l'opéra. L'un n'empêche pas l'autre.

— C'est que les Zhao m'attendent pour le dîner. Je retourne chez moi pour prévenir ma femme.

— Si tu ne l'emmènes pas au cinéma, n'as-tu pas peur de la contrarier ?

— Absolument pas, assura-t-il avec fermeté, elle a un caractère en or. Par-dessus le marché, elle sait bien que je n'aime pas le cinéma et que je n'y vais que pour lui tenir compagnie.

— N'est-elle pas également invitée chez les Zhao ?

— Quel fouineur ! Je t'imagine finissant bientôt dans la peau d'une vieille commère. Dépêchons-nous, ma femme nous attend et je dois filer chez les Zhao qui habitent à l'autre bout de la ville. »

Je ris et le suivis. En chemin, il répondit à ma question :

« Mon ex-belle-mère ne veut pas recevoir ma femme actuelle. Elle prétend que sa vue lui rappellerait le souvenir de la fille qu'elle a perdue d'une manière trop pénible. Depuis sa disparition, la vieille dame n'est plus jamais venue chez moi. Au début de notre mariage, ma seconde femme a témoigné beaucoup de prévenances aux Zhao. Ensuite, de peur de peiner la douairière, ils ont peu à peu cessé de l'inviter et elle n'a pas voulu s'imposer. Il ne faut pas les blâmer, la vieille dame aimait beaucoup mon ancienne femme qui était son unique fille.

— Mais quand elle te voit avec Petit Tigre, n'évoquez-vous pas le souvenir de sa fille unique pour la vieille dame ? » grognai-je mécontent.

« Elle aime Petit Tigre plus que tout. C'est lui qui a eu l'idée d'assister ce soir à la représentation de l'Opéra », répondit-il comme s'il n'avait pas compris le sens de ma réflexion et se souciait peu de satisfaire ma curiosité.

Nous étions arrivés à la résidence et Yao me pria de l'attendre dans ma chambre. Je franchissais le seuil du Jardin du repos quand je l'entendis qui ordonnait au serviteur Lao Wen : « Va chercher un pousse-pousse pour monsieur Li. »

CHAPITRE XV

J'arpentai le jardin durant une dizaine de minutes. Le filet de la nuit voilait avec légèreté la cime des arbres et le faîte du mur. Quelques corbeaux s'envolèrent lourdement avec un croassement rauque. Un petit oiseau se laissa brusquement choir du laurier, traversa l'épais feuillage du camélia et prit son vol pour se poser au sommet d'une des collines artificielles.

Les époux Yao arrivèrent. Madame Yao, vêtue d'une robe de fin tissu gris et d'une veste noire cintrée, était comme toujours souriante. Yao avait troqué sa robe d'intellectuel contre un complet à l'occidentale et portait sur le bras gauche un manteau léger.

« Alors mon vieux Li, on y va ! Tu ne prends rien pour te couvrir ? » me cria joyeusement Yao depuis la balustrade.

« Non rien », répondis-je en allant à sa rencontre.

« Monsieur Li, pardonnez-nous de vous retarder dans votre travail », dit madame Yao avec affabilité.

« Je vous en prie, madame, ne vous excusez pas. Il sait bien (ajoutai-je en désignant son mari) que je suis grand amateur de cinéma. Vous m'invitez et en plus vous vous excusez, c'est trop !

— Cessons de faire assaut de politesse et partons sans tarder sinon nous allons nous mettre en retard. »

Nous quittâmes le jardin. Trois pousse-pousse nous attendaient, rangés devant la porte intérieure. Les époux montèrent chacun dans le leur et moi, je m'installai dans celui qu'on avait arrêté dans la rue. A la file, nous franchîmes la porte cochère.

Yao nous quitta dès le premier carrefour, quant à nous, nous parcourûmes encore quelques rues avant de parvenir à la salle de cinéma.

L'horloge m'indiqua le temps qui restait avant le début du spectacle, environ huit à neuf minutes. Une dizaine de personnes, à peine, faisaient la queue. Le titre du film qui allait être projeté était : *Menaces de guerre et larmes d'amour,* mais aucun acteur connu ne figurait au générique. L'intrigue se déroulait une fois de plus pendant la guerre de Sécession des Etats-Unis, je doutai que cela plaise à mes compatriotes.

De bonne dimension, la salle était presque vide. Les meilleures places étaient inoccupées et dans la rangée qui se trouvait devant nous, cinq places restaient libres. Madame Yao se mit à lire le programme, la lumière s'éteignit avant qu'elle eût terminé.

Nous assistâmes tout d'abord à l'existence d'une famille unie dans une région superbe et paisible. Puis une succession d'événements tragiques s'abattit sur ces gens bons et aimables dont le destin douloureux me serra le cœur. A mes côtés, madame Yao soupirait et, à plusieurs reprises, elle se tamponna les yeux avec son mouchoir.

Au moment où le père de famille, de retour des combats, expirait sur un canapé, le film cassa soudain et la lumière revint. Madame Yao exhala un soupir et sembla se plonger dans ses pensées. Pour ma part, je laissai mes regards errer.

Trois rangées plus loin sur notre gauche, j'eus la surprise d'apercevoir le jeune Yang, inchangé depuis notre rencontre devant la porte du temple. Il conversait avec sa voisine, une femme d'âge moyen au maquillage discret, les cheveux ramenés en un petit chignon, qui portait une veste légère de flanelle grise sur une robe à fleurs bleues. A sa droite, était assis un jeune homme en complet gris. Elle tourna la tête de son côté, lui glissa quelques phrases et ils rirent ensemble. Soudain le jeune homme regarda dans ma direction et je distinguai son visage avec une grande netteté. Malgré sa chevelure plaquée et son teint clair, il ressemblait trait pour trait au jeune Yang, tous deux paraissaient sortir du même moule.

Quelle coïncidence ! Les nombreux éléments de cette affaire s'assemblaient. Aurais-je pu imaginer rencontrer dans ce cinéma la mère et le frère aîné de mon héros ?

L'obscurité se fit à nouveau et la projection reprit. Finalement la guerre se terminait et les combattants regagnaient leurs foyers. La douce jeune fille qui avait remis sur pied l'exploitation familiale avec sa mère voyait, après une attente interminable et désespérante, son fiancé revenir.

La salle s'éclaira et les spectateurs se levèrent et quittèrent leurs sièges. Après m'avoir jeté un coup d'œil, madame Yao se leva à son tour. Je commentai brièvement : « Le film n'était pas mauvais. » Elle inclina la tête et répondit : « C'est vrai et cela m'a étonnée. »

Craignant la bousculade, elle préféra attendre que la

salle se soit vidée pour partir à son tour. Lorsque nous atteignîmes la sortie, tous les pousse-pousse avaient été retenus et je constatai que la famille Yang avait réservé les trois derniers.

Lao Li, le tireur des Yao, attendait sa maîtresse au pied de l'escalier. Dès qu'il l'aperçut, il cria : « Madame, votre pousse est là !

— Et où est celui de monsieur Li ? » demanda madame Yao.

« J'en avais arrêté un, expliqua le tireur, mais quelqu'un me l'a soufflé. Les pousse étaient rares ce soir. En marchant un peu, il y a davantage de chance d'en rencontrer. Madame, ne voulez-vous pas vous asseoir ? »

Je me hâtai d'ajouter : « Prenez place, madame, je vous en prie. Je vais avancer tout doucement et peut-être trouverai-je un véhicule. Sinon, je peux très bien rentrer à pied. » Mais madame Yao s'adressant à son serviteur lui intima avec douceur : « Marche devant. Je vais faire un bout de chemin avec monsieur Li. Je monterai quand nous aurons trouvé un pousse-pousse pour lui. Ce soir, il fait bon et le clair de lune est superbe.

— Oui madame », répondit celui-ci avec déférence.

Je n'eus plus qu'à suivre madame Yao au bas des marches. Le tireur avançait lentement devant nous et nous lui emboîtâmes le pas.

CHAPITRE XVI

Le tireur tourna au coin d'une rue. Nous laissâmes derrière nous le brouhaha des voix et les lumières violentes pour pénétrer dans une zone plus calme. Je me taisais tandis qu'à mon oreille résonnait le claquement cadencé des petits talons de ma voisine. La lune luisait faiblement.

« Je n'ai pas marché dans la rue depuis deux ans, je prends toujours le pousse-pousse pour sortir en ville », me confia-t-elle comme si elle avait craint que son silence ne m'indisposât.

« Je pense pourtant, répondis-je, que vous devriez rentrer sans m'attendre. La résidence est éloignée et moi, j'ai l'habitude de la marche. » Je ne cherchais pas seulement à me montrer courtois, mais je craignais qu'elle ne se fatigue et en même temps, j'éprouvais quelque gêne à l'accompagner ainsi dans la rue.

« Ne vous tracassez pas pour moi, monsieur Li, si je ne réapprends pas à marcher, je finirai par ne plus pouvoir me déplacer seule, me dit-elle avec un sourire, il y a deux ans, lors des bombardements aériens, nous avons fui en pousse-pousse, mais à la campagne, il m'est arrivé de temps en temps de faire des promenades à pied. Depuis, les alertes se sont raréfiées. Mon mari n'aime pas sortir sans tireur et il nous l'interdit à Petit Tigre et à moi.

— Madame Yao, êtes-vous très absorbée par les soins de votre maison?

— Au contraire, nous ne sommes que trois et nos domestiques sont parfaits. Inutile de leur donner des directives, ils agissent toujours pour le mieux. Pendant mes nombreux loisirs, je me distrais par la lecture et j'ai même lu, monsieur Li, quelques-uns de vos livres. »

Je craignais par-dessus tout rencontrer des gens qui me disaient avoir lu mes livres. Un tel aveu venant de madame Yao, accroissait ma confusion : « Vous m'en voyez consterné. J'écris avec une telle maladresse. Je ne mérite pas cet honneur.

— Ne soyez pas si modeste, monsieur Li. Vous êtes un vieil ami de mon mari. Il m'a si souvent parlé de vous. Je ne suis pas apte à juger vos œuvres mais en vous lisant, j'ai acquis la conviction de votre droiture. C'est une chance pour mon mari de posséder un ami tel que vous car il a une foule de relations mais très peu d'amis proches », ajouta-t-elle avec franchise. Elle parlait lentement d'une voix distincte et mélodieuse où il me semblait cependant discerner une pointe de mélancolie. La sympathie que madame Yao m'inspirait me suggéra ces questions : « Et vous, quels amis proches avez-vous? Pourquoi ne pas songer à vous-même? » mais je devais me contenter d'approuver ses confidences et de garder pour moi de telles réflexions.

Nous parcourûmes quelques rues sans échanger un mot. Une foule de paroles inexprimées m'emplissaient le cœur.

« J'ai toujours pensé, reprit madame Yao, que les

romanciers compatissaient aux malheurs des temps avec la miséricorde du bouddha, sinon comment pourraient-ils à eux seuls partager l'infortune de tous et mettre en scène la tragédie humaine ? Voici pourquoi, monsieur Li, j'espère qu'un jour vous serez en mesure d'aider mon mari...

— Vous me faites, madame, trop d'honneur. Comment pourrais-je me montrer de quelque secours envers mon ami Yao ? Ne mène-t-il pas une existence infiniment plus enviable que la mienne ? » dis-je avec émotion. J'éprouvai en même temps l'impression d'avoir compris son message et de m'être mépris sur son sens. J'espérai par cette formule de courtoisie lui témoigner ma sympathie tout en lui soulignant mon impuissance.

« Je suis sûre, monsieur Li, que vous m'avez comprise ou au moins qu'un jour vous comprendrez ce que j'ai désiré vous dire. Je crois que les romanciers sont doués d'une vision infiniment plus pénétrante que le commun des mortels. La plupart des gens ne savent que distinguer les apparences, vous, vous sondez les cœurs. Je pense que les souffrances ne vous sont pas non plus épargnées et je crains aussi qu'à force d'observations vous ne rencontriez plus souvent le chagrin que la joie... »

Sa voix frémissait et son écho se prolongea tel un soupir. J'eus l'impression qu'une larme tombait brûlante sur mon cœur.

Je ne pus contenir mes sentiments, quittant ma réserve, je m'écriai : « En vérité, madame Yao, je ne puis dire déjà si je vous ai comprise. Néanmoins ne vous tourmentez pas. Je vous l'affirme, c'est être le plus heureux des hommes que d'être l'époux d'une femme telle que vous... » L'émotion me coupa la parole et je fus incapable de poursuivre mais je pris brusquement conscience que mon interlocutrice pouvait mal interpréter ce discours et croire à une moquerie, voire même à une insolence.

La tête inclinée, elle restait parfaitement silencieuse. Après un moment, elle releva le front mais son mutisme persistait. Je n'osai parler le premier. Elle avait le regard tourné vers le ciel, aussi je ne pouvais distinguer l'expression de sa physionomie.

Ce silence qui se prolongeait me mettait mal à l'aise. Je ne pouvais néanmoins m'esquiver. Comme madame Yao ne montait pas dans son pousse-pousse, je me sentais moralement obligé de l'accompagner jusqu'à la résidence. Au fond, peu importait l'impression favorable ou non que lui avaient causée mes paroles, sincères, elles avaient jailli du fond de mon cœur. Je ne les regrettais pas. J'étais même prêt à en assumer les conséquences.

La marche de ma voisine se faisait moins régulière. Sans doute, cela traduisait-il son trouble. J'aurais aimé pouvoir lire dans ses pensées, mais comment y parvenir ?

Nous étions presque arrivés. Au carrefour, madame Yao se tourna vers moi et, rompant le silence, me demanda de sa voix douce : « Monsieur Li, il paraît que vous écrivez un nouveau roman, est-ce exact ?

— En effet, je n'ai rien d'autre à faire et cela m'aide à tuer le temps.

— Mais vous vous surmenez. Je sais par ma belle-sœur Zhou que vous passez vos journées courbé à votre bureau. Cette table est trop basse, c'est inconfortable. Demain, je prierai mon mari de la faire remplacer. Néanmoins, ajouta-t-elle prévenante, vous devez vous ménager.

— En vérité, je travaille peu, répondis-je touché, je n'ai pas d'autre occupation que d'écrire. Voir un film est mon unique distraction et, ces derniers temps, les bons films étaient rares.

— Personnellement, j'aime lire des œuvres romanesques. La lecture d'un roman me procure pratiquement le même plaisir que la vue d'un film. Je me demande souvent comment un esprit humain peut imaginer à la fois tant d'événements compliqués. Monsieur Li, l'intrigue de votre roman est-elle déjà construite ? Quel type de personnages avez-vous créé cette fois ? »

Je lui exposai le sujet de mon roman. Elle m'écoutait avec une grande attention. Quand j'eus terminé, nous étions arrivés. Le tireur Lao Li pénétra le premier dans la résidence, sa maîtresse et moi, nous le suivîmes. Le portier, qui s'était levé de son fauteuil, s'inclina respectueusement à notre passage. Derrière lui, appuyé contre la cloison, un homme se fondait dans l'obscurité. Malgré la lumière répandue par la lanterne rouge suspendue au-dessus de l'entrée, je ne pus distinguer ses traits avec netteté, pourtant, dès le premier coup d'œil, j'acquis la conviction qu'il s'agissait du muet du temple. A peine m'étais-je détourné pour adresser quelques mots à madame Yao que j'aperçus sa longue silhouette qui se glissait en un éclair dans la rue où elle disparut aussitôt.

Ce n'était pas le moment de chercher à percer ce mystère. Je reconduisis madame Yao dans la cour intérieure.

« C'est la première fois que j'effectue une telle

marche depuis mon mariage », dit-elle tout heureuse, puis elle ajouta : « Je ne me sens pas le moins du monde fatiguée. » Quelques pas plus loin, elle dit encore : « Je vous dois des remerciements. »

Je crus qu'elle désirait se retirer et protestai : « Je vous en prie. Je suis confus. A demain, madame. »

Cependant elle ne bougeait pas et continuait à me regarder. Après un instant d'hésitation, elle reprit d'une voix suppliante : « Monsieur Li, ne laisseriez-vous pas ce vieux tireur de pousse-pousse trouver le bonheur auprès de la vieille aveugle ? En ce bas monde, les déceptions et les chagrins sont infiniment plus nombreux que les joies, mais vous, les écrivains, ne devriez-vous pas adoucir la réalité ? Ne devriez-vous pas sécher les larmes, faire renaître le sourire ; si j'étais moi-même capable d'écrire, je ne laisserais pas cette aveugle se noyer, ni ce vieux tireur de pousse-pousse perdre la raison. »

« Très bien, madame Yao, dis-je en riant, puisque vous avez si bien plaidé leur cause, je laisserai mes héros terminer paisiblement leurs jours.

— Je vous en suis très reconnaissante. A demain, monsieur Li. » Elle me quitta, un sourire de gratitude aux lèvres.

J'avais fait cette promesse sans réfléchir, sans réaliser entièrement qu'il me faudrait modifier la fin de mon roman selon le dessein de la jeune femme. De retour dans ma chambre, face à ma lampe, cet objet privé de parole, je me sentis la proie d'une totale solitude. J'ouvris mon manuscrit mais il me fut impossible de tracer le moindre caractère.

En même temps, je ressentais le besoin de vider mon cœur. Assis devant ma table de travail, j'entendais résonner sa voix. Je l'entendais toujours alors que j'arpentais la pièce de long en large et encore lorsque je me laissai tomber sur le sofa : « Donnez-leur de l'espoir, séchez les larmes et faites renaître le sourire. » Ces phrases ne cessaient de retentir à mon oreille puis elles prirent possession de mon âme et modifièrent ma vision du monde. J'étais pour la première fois conscient de mes incapacités et de mes échecs. Cette partie de ma vie, mes écrits, mes projets, tout n'était que gâchis. J'avais ajouté au pessimisme de mes contemporains et désespéré les idéalistes. Je n'avais, dans ce monde tourmenté, apporté aucune joie. Je m'étais enfermé moi-même dans un petit univers de mon choix. J'avais vécu en égoïste et gaspillé ma jeunesse sur des pages de papier blanc, passant mes journées à rabâcher mes lamentables histoires où je laissais souffrir les bons, périr les enthousiastes et où j'ajoutais à l'infortune des malheureux. Je laissais mon héroïne, cette vieille femme aveugle et bonne, se jeter dans le fleuve et mon héros, ce tireur de pousse-pousse à l'âme droite, perdre la raison et, en plus, une pure jeune fille trancher elle-même le fil de ses jours. Pourquoi faire couler les larmes de mes lecteurs ? Pourquoi, chez moi, cette incapacité à alléger moindrement le poids de la détresse humaine ? Les observations de madame Yao avaient projeté une vive lumière à l'intérieur de mon âme et pour la première fois j'apercevais le néant qui y régnait : mon travail, ma vie, mes écrits, tout n'avait été que néant.

Le désespoir, les regrets me poussaient vers la folie : je m'étais bâti un petit royaume et j'étais tombé à bas de son trône. L'éclairage de la lampe, le décor de la pièce me devinrent insupportables. Je me précipitai dans le jardin et me livrai à de nombreuses allées et venues entre les canneliers.

Cette nuit-là je m'endormis très tard d'un sommeil agité et peuplé de cauchemars. Dans mes rêves, je reniais l'homme que j'avais été.

CHAPITRE XVII

Le lendemain, je me levai de bon matin en proie à une forte migraine. Comme j'étais mécontent de moi, je ne me recouchai pas. J'ouvris mon manuscrit. L'inspiration me fuyait. Je n'avais aucune envie d'écrire mais je m'y obligeai. De sept heures et demie à dix heures, j'alignai quelque cinq cents caractères. Durant tout ce temps, je ne cessai d'entendre les recommandations de madame Yao : « Pourquoi ne pas laisser vos héros terminer paisiblement leurs jours ? » De toute mes forces, je tentai de lui résister mais ma plume, peu à peu, refusa de m'obéir.

Relisant mon travail, j'y discernai pour la première fois l'influence de la jeune femme. Sans pouvoir définir la cause de mon irritation, je jetai ma plume avec colère. C'est ce moment que choisit mon ami Yao pour faire son entrée.

Sans quitter ma chaise, me contraignant à un sourire, je levai la tête pour répondre à son salut. « Peux-tu m'expliquer, s'écria-t-il, pourquoi tu as si mauvaise mine aujourd'hui ?

— Hier j'ai travaillé tard, mentis-je d'une voix assourdie, et ensuite j'ai très mal dormi.

— C'est vrai, je suis rentré après minuit et je t'ai

entendu tousser, poursuivit-il, tu n'es pas solide. Tu dois éviter de veiller. Pourquoi, alors que tu as tout ton temps et que le jardin est si calme, devrais-tu travailler la nuit ? »

Son inquiétude si manifestement sincère, tant par le ton de ses recommandations que par l'expression de ses traits, me toucha au point que je voulus profiter de l'occasion pour l'entretenir de son fils et le mettre loyalement en garde.

« Petit Tigre est-il rentré avec toi ? » lui demandai-je.

« Bien sûr, ce gosse connaît à fond l'Opéra de Pékin et il prend grand plaisir au spectacle », répondit-il orgueilleusement.

« Mais les représentations se donnent très tardivement. Il n'est pas bon pour sa santé d'y assister. Les jeunes enfants doivent se coucher tôt, d'autant plus que le soir, ils ont en plus leurs devoirs à rédiger et leurs leçons à apprendre. Sa grand-mère le gâte trop. Cela risque de le rendre paresseux. Toi, son père, tu en es sûrement beaucoup plus conscient », dis-je avec franchise. Je m'étais exprimé avec lenteur de manière qu'il ne perde aucun de mes propos.

Partant d'un grand éclat de rire, Yao m'assena une tape sur l'épaule. « Vieux frère, va, on voit que tu vis dans tes bouquins. J'ai bien en main l'éducation de mon fils. Au début, Zhaohua, ma femme, n'approuvait pas non plus mes méthodes et elle aussi m'a tenu ce genre de discours, mais maintenant, elle s'est rendue à mes raisons. Il serait affligeant qu'un enfant n'aie pas de goût pour la distraction et de plus notre famille est riche. Les enfants qui aiment s'amuser sont vifs, les autres, au contraire, sont jaunes, maigres et demeurés et si d'aventure ils parviennent à faire quelques études, cela ne leur servira à rien. Etre le père de Petit Tigre ne me tourne pas la tête mais où qu'il aille, je n'en reçois que des compliments !

— Je crains que Petit Tigre ne fréquente guère d'autre maison que celle de sa grand-mère Zhao », fis-je remarquer avec une froide ironie.

Yao ne parut pas comprendre mes insinuations car il ajouta en se rengorgeant : « En effet, et il y a du monde chez les Zhao.

— Mais c'est la demeure de sa grand-mère. Qu'une grand-mère chérisse son petit-fils, quoi de plus naturel, dis-je sérieusement, mais les autres, lui témoignent-ils autant d'affection ? » Ces dernières paroles m'avaient échappé.

Il eut une courte hésitation puis fièrement :

« De qui veux-tu parler ? Commençons par les miens, par ma femme Zhaohua, jamais elle n'a formulé le moindre reproche à son sujet. Ma sœur aînée, qui n'apprécie pas particulièrement la compagnie des enfants, s'entend bien avec son neveu. Petit Tigre est seulement trop intelligent et il le sait : c'est souvent le cas chez les enfants éveillés. A moi de veiller à son éducation.

— Tu as raison d'attacher une grande importance à son éducation, sinon, je craindrais que dans l'avenir, Petit Tigre n'en arrive à peiner ta femme. J'ai le sentiment que tu ne peux te garder d'un faible pour ton fils, attention à ne pas le pourrir. » Aucune ironie dans cet avertissement, il venait droit du cœur.

« Qu'est-ce que c'est que ce roman ? dit Yao en éclatant de rire, comment un célibataire comme toi pourrait-il comprendre les raisons d'un père ? Ne te tracasse pas, je sais ce que j'ai à faire. »

Je m'obstinai : « Je maintiens que nul n'est bon juge en sa propre cause. Réfléchis-y.

— Vieux frère, il n'y a ici ni juge ni cause. J'ai placé de grands espoirs en mon fils, aussi je ne saurais négliger son éducation. » Il me tapota l'épaule. « Ne discutons pas plus avant, cela n'aboutirait à rien car tu n'es absolument pas dans le coup », conclut-il avec un rire satisfait.

Moi, au contraire, je me détournai pour me mordre avec force les lèvres. Je m'en voulais de n'avoir pas su m'exprimer clairement, de n'avoir pas été capable de lui faire entrevoir la réalité, de n'avoir pas su lui révéler la beauté de l'âme de la femme dont il était épris.

C'est à ce moment que madame Yao nous rejoignit, vêtue comme la veille ; son sourire, tel un rayon de soleil, illuminait son visage. Elle me salua et s'adressa à son mari :

« Les Zhao ont encore envoyé un domestique pour mener Petit Tigre chez sa grand-mère.

— Eh bien, laisse-le aller », répondit Yao sans réfléchir.

« J'ai l'impression, reprit-elle avec douceur, que Petit Tigre passe tout son temps à s'amuser et que cela ne lui vaut rien. Ces derniers temps, il a bien négligé son travail de classe et je m'inquiète de ce que cette année encore il puisse... » Elle s'interrompit alors brusquement et, fixant sur Yao un regard implorant, attendit sa réponse.

Il secoua la tête en disant : « Quelle importance ! Quelle importance ! La dernière fois, c'est l'école qui

95

ne s'est pas montrée équitable, comment en vouloir à cet enfant? Par-dessus le marché, nous sommes aujourd'hui dimanche. Si nous ne laissons pas Petit Tigre aller chez les Zhao quand sa grand-mère l'invite, ils nous critiqueront auprès de nos relations communes. Par contre, ce qui est vrai c'est que tout le monde là-bas voue une grande affection à Petit Tigre et qu'en le leur confiant, nous pouvons être tout à fait tranquilles à son sujet.

— Mais il va tous les jours chez sa grand-mère et délaisse ses livres. » Madame Yao ajouta lentement : « Chez les Zhao, Petit Tigre s'initie aux manières des fils de familles riches, c'est déplorable. » Après une légère hésitation, elle jeta un coup d'œil à son mari puis baissa la tête.

« Père! Père! » cria joyeusement Petit Tigre du jardin. Couvert de sueur, il fit irruption parmi nous en courant. Il portait une chemise à col ouvert et un short de toile blancs. A la vue de sa belle-mère, il émit un bref : « Mère », puis me salua d'une voix indistincte. Son inclinaison de tête fut si rapide qu'elle faillit m'échapper.

« Que se passe-t-il, qu'est-ce qui te rend si gai? » lui demanda affectueusement son père.

Petit Tigre courut vers lui et, lui saisissant la main, répondit : « Grand-mère a envoyé un pousse-pousse. Elle m'invite à venir m'amuser chez elle.

— Bon, mais aujourd'hui, rentre tôt », observa Yao en caressant la tête de son fils.

« Compris », répliqua l'enfant radieux, il lâcha la main de son père et ajouta : « Je vais me changer. » Et il se rua au-dehors, sans un regard pour ses parents.

Madame Yao regardait par la fenêtre, comme perdue dans ses pensées.

« Tu n'es pas un père bien sévère », fis-je ironiquement remarquer, mais je ressentais une vive désapprobation.

Yao secoua la tête et répliqua : « Ce sont des sentiments normaux entre père et fils, tu n'y peux rien. » Mais à son expression, je compris qu'il n'était pas tellement content de lui.

Madame Yao intervint après un sourire à son mari : « Je crains que Petit Tigre ne s'amuse trop tard et qu'ensuite, il n'aie plus la moindre envie de se mettre au travail.

— Mais non, mais non, protesta Yao, ne te mets donc pas martel en tête. Je m'engage à ne pas laisser Petit Tigre contracter de mauvaises habitudes. »

Elle prit une expression amusée pour me demander : « L'en croyez-vous capable, monsieur Li ?

— Guère, mais à écouter votre époux il se sent en mesure de faire face à n'importe quelle situation.

— Très juste ! Il se montre toujours présomptueux et fais fi des conseils. » A nouveau, elle lui jeta un coup d'œil.

Ce jugement n'altéra en rien la bonne humeur de son ami. Il s'apprêtait à répliquer quand apparut belle-sœur Zhou, la servante.

« Maître, madame la tante vous demande de venir la voir. Elle désire vous parler.

— Nous reprendrons la discussion cet après-midi, décréta Yao, ma femme peut rester ici te tenir compagnie un moment. » Et il quitta aussitôt la pièce à la suite de belle-sœur Zhou.

« Monsieur Li, j'en ai parlé à mon mari et votre

97

table de travail sera bientôt changée », m'avertit madame Yao. Elle se leva et observa à travers la vitre la silhouette de son mari. Soudain, elle fit volte-face. « Merci beaucoup, mais il est inutile de procéder à un échange, cette table n'est pas si inconfortable », protestai-je avec civilité.

« Elle est loin d'être suffisamment haute. Pour vous qui écrivez à longueur de journée, travailler courbé est peu commode.

— J'y suis si accoutumé que je n'en souffre pas. Ce qui m'ennuie c'est de vous causer ce dérangement.

— A l'avenir, monsieur Li, ne vous montrez pas si protocolaire. Vous êtes un vieux camarade de mon mari ; avec moi, faites preuve de naturel », ajouta-t-elle avec un sourire aimable.

« Mais je ne me montre pas protocolaire... » Je fus interrompu par des éclats de voix.

« Que se passe-t-il ? » s'étonna madame Yao, elle se dirigea vers la porte et je la suivis.

Devant la balustrade, une altercation mettait aux prises le jeune Yang et le serviteur Zhao Qingyun. Le premier tempêtait : « Je viens m'entretenir avec monsieur Li, vous n'avez pas le droit de vous interposer !

— Monsieur Li ne te connaît même pas. C'est clair ! tu t'es faufilé ici pour chaparder. Si tu crois que je ne sais pas ce que tu as derrière la tête ! » répliquait le second, rouge de colère.

De l'intérieur, madame Yao ordonna : « Zhao Qingyun, laisse entrer ce jeune homme.

— Oui, madame », acquiesça le domestique qui se tut aussitôt.

Le jeune Yang s'avança jusqu'à la porte de la salle où nous nous tenions et salua respectueusement madame Yao par son nom, celle-ci, souriante, inclina la tête et répondit d'une voix fraîche : « Monsieur Yang. » Il m'adressa ensuite le même salut.

« Entrez et asseyez-vous. Pour quelle raison vouliez-vous voir monsieur Li ? » lui demanda-t-elle avec amabilité. Sans attendre sa réponse, elle se tourna vers moi : « Je dois partir, si le jeune monsieur Yang désire des fleurs, je vous prie monsieur Li de lui cueillir deux branches de camélias.

— Oh ! Merci, madame Yang », s'écria celui-ci reconnaissant.

Elle nous quitta, et lui suivit des yeux sa silhouette.

CHAPITRE XVIII

Je commençai par l'inviter à s'asseoir. Ses lèvres frémirent, je crus qu'il allait parler mais il n'en fit rien. Je demandai avec gentillesse : « Viens-tu pour les fleurs ?

— Non », répondit-il en secouant la tête.

« Dans ce cas, de quoi désires-tu m'entretenir ? »

Tournant le dos à la lumière du jour, je me tenais debout près de ma table, lui avait posé la main sur le dossier de ma chaise et son regard se dirigeait vers la fenêtre, voilée d'un rideau.

« Monsieur Li, j'ai une requête à vous présenter... » Le reste lui resta dans la gorge, il tourna la tête de mon côté, ses yeux m'imploraient.

« De quoi s'agit-il ? Va, explique-toi jusqu'au bout ! » l'encourageai-je.

« Monsieur Li, je voudrais vous prier de ne plus retourner au temple. » Il battait des paupières comme s'il avait été sur le point de fondre en larmes.

« Pourquoi ? Et comment as-tu appris que je me suis rendu dans ce temple ? » m'exclamai-je très surpris.

« Je, je... » Incapable de me répondre, il rougissait et bégayait en même temps.

« Ce muet, qu'est-il par rapport à toi ? » interrogeai-je.

« Quel muet ? quel muet ? » repartit-il stupéfait.

« Le muet qui habite le temple.

— Je ne le connais pas », affirma-t-il en fuyant mon regard.

« J'ai vu là-bas les branches de camélia que tu as prises ici. »

Il resta silencieux.

« Je t'ai aperçu hier au cinéma avec ta mère et ton frère aîné. »

« Ah ! » fit-il surpris, et aussitôt il baissa la tête.

« Et pourquoi veux-tu m'empêcher de retourner au temple ? Si tes raisons me paraissent évidentes, je m'y rangerai. »

Il releva la tête, il pleurait.

« Monsieur Li, je vous en prie, ne vous mêlez pas d'affaires qui ne vous concernent pas.

— Ne pleure pas. Dis-moi plutôt quels sont tes liens avec le temple. Pourquoi ne veux-tu pas me dire la vérité ? Peut-être, lui assurai-je avec chaleur, serai-je ensuite en mesure de t'apporter une aide quelconque.

— Je ne peux pas le dire ! Je ne peux pas ! » Il s'essuya les yeux du revers de la main.

« Bon, ne dis rien. Je sais tout. L'homme qui vit dans le temple est ton père. » Il ne me laissa pas terminer et secouant la tête avec force, il s'écria : « Non ! Non ! »

Je m'avançai vers lui, lui pris les mains et cherchai à l'apaiser : « Ne t'alarme pas, je n'en soufflerai mot à personne. Ce n'est pas de ta faute. Pourquoi ton père vit-il ainsi ?

— Je ne dirai rien, rien ! » Il dégagea ses mains et s'enfuit.

Je tentai de le retenir et criai : « Reste, j'ai encore à te parler. » Mais le bruit de sa course décroissait. Seul l'écho de ses pleurs résonna longtemps à mon oreille.

Sachant que je n'y parviendrai pas, je ne tentai pas de le rattraper.

CHAPITRE XIX

Ce jour-là, avant le déjeuner, les domestiques apportèrent un bureau dans le salon. La surface neuve brillait et il me semblait y distinguer le visage souriant de madame Yao.

Mais une fois installé devant le meuble, de tout l'après-midi, je fus incapable de travailler. L'histoire du jeune Yang me poursuivait.

Je ne pouvais rester là à broyer du noir et le silence qui planait sur le jardin m'oppressait. Je sortis précipitamment sans attendre que le vieux Lao Wen me serve mon dîner.

Je me dirigeai vers le temple. La porte était fermée. Je donnai une poussée et un des battants s'ouvrit à moitié. L'intérieur était désert. Je fis demi-tour et m'en allai.

Parvenu au carrefour, j'obliquai sur la droite. J'aperçus un restaurant qui vendait de la crème de soja. Je m'y arrêtai et, choisissant une table qui donnait sur la rue, m'y installai.

A peine avais-je entamé ma commande que des cris s'élevèrent tout à côté. Je posai mon bol pour tenter de me renseigner.

La boutique voisine débitait des galettes de riz. Un

attroupement s'était formé devant son étalage d'où l'on entendait proférer de grossiers jurons.

« Qu'y a-t-il ? » demandai-je à l'un de mes voisins.

« C'est un voleur. Il a pris des galettes et le marchand est en train de lui flanquer une raclée. »

Me frayant un passage à travers la foule, je pénétrai dans la boutique.

Un solide gaillard tenait un homme par le bras et, avec son rouleau à pâte, il lui administrait une volée de coups tant sur la tête que sur le dos. La victime tentait de se protéger à l'aide de son bras libre, gémissait, mais refusait d'articuler un mot.

« Où habites-tu ? Quel est ton nom ? Si tu me dis la vérité, j'arrête la correction et je te laisse filer ! » assurait son bourreau hors de lui.

Mais l'autre se murait dans son silence. Ses vêtements étaient déchirés, de l'épaule pendait un large lambeau de tissu et l'on apercevait une bonne surface de son dos crasseux. C'était le muet du temple.

« Parle, parle ! Et je te lâche. Tu as une langue, pourquoi ne t'en sers-tu pas ? » L'homme brutalisé ne répondait toujours pas. Sa figure était enflée et son dos marbré. Il saignait du nez, sa bouche était en sang et une de ses mains saignait aussi.

« Laissez-le, cessez de le maltraiter. Il est muet... » Au moment où je donnai ces explications au furieux, un cri de douleur retentit derrière moi. Je tournai la tête.

Le visage congestionné, couvert de larmes, le jeune Yang se précipita devant le muet et, écartant le bras du tortionnaire, s'écria : « Pourquoi le battre, est-ce un criminel ? Dans quel état ne l'avez-vous pas mis !

Ah, vous n'êtes bon qu'à maltraiter les honnêtes gens ! »

Les spectateurs contemplaient le garçon avec étonnement. L'homme qui cognait laissa tomber le bras sans un mot tout en le dévisageant avec une expression indécise. Le muet, les yeux baissés, semblait absent.

« Partons ! » dit l'enfant avec chaleur. Il tira un mouchoir de sa poche et le lui passa. « Essuyez le sang qui coule de votre nez. » Puis il saisit sa main, la serra très fort et répéta : « Partons ! »

Il n'y eut personne pour intervenir ou leur barrer le chemin. Soutenant le malheureux, le jeune Yang avança lentement dans la rue, suivi des yeux par une foule qui avait l'impression d'assister au déroulement d'une pièce insolite.

Lorsqu'ils eurent disparu, les langues se délièrent. Les gens s'étonnaient : « Qu'est-ce que ce petit avait à voir avec ce mendiant ? » Je compris à les écouter que le muet avait dérobé une galette de riz et que sa capture par le marchand avait déclenché tout ce tapage.

« Monsieur, m'interpella le serveur de la gargote voisine, votre repas refroidit. Venez, venez ! Je vais vous chercher un bol de riz chaud. »

J'acquiesçai mais décidai de me rendre au temple aussitôt après.

CHAPITRE XX

La porte du temple était encore entrebâillée. Je poussai un battant, entrai et le remis dans sa position initiale.

La salle du sanctuaire était déserte. Aucun bruit ne parvenait de la partie arrière du bâtiment, je m'y dirigeai.

J'y découvris le muet étendu sur sa paillasse. De sombres meurtrissures marquaient sa figure tuméfiée et ses narines étaient obstruées par des boulettes de papier. Il me dévisageait sans me voir. J'eus l'impression qu'il tentait de se redresser mais après avoir esquissé un mouvement, il se laissa retomber en poussant un douloureux gémissement.

« N'aie pas peur, je ne suis pas venu avec l'intention de te faire du mal », dis-je avec douceur.

Je lus le doute dans ses yeux.

De l'extérieur parvint le claquement sec et rythmé de semelles de cuir, annonçant, je le devinais, l'arrivée de Petit Yang.

Je ne me trompais pas. Il apparut chargé d'un thermos et de fioles de médicaments. Lorsqu'il m'aperçut, il changea de couleur : « Encore vous, s'écria-t-il rudement, vous nous espionnez ! »

Je ne m'attendais pas à cette apostrophe. Mal à l'aise, le visage enflammé, je répliquai : « Tu te méprends complètement sur mes intentions. Ton père et toi, m'êtes tous deux sympathiques, aussi je suis venu voir si je pouvais vous rendre service et non pas ajouter à vos ennuis. »

L'expression du jeune garçon s'adoucit mais il ne daigna pas me répondre. Il s'avança jusqu'au lit sur lequel il déposa le flacon de médicaments et les objets dont il était chargé. Je m'empressai de l'aider, après avoir disposé le tout à côté de l'oreiller, il me prit le thermos des mains. Alors seulement il m'adressa un sourire et dit : « Merci, je vais faire bouillir de l'eau. » Puis il se pencha et s'empara de la cuvette.

Son attitude me touchait. « Je t'accompagne, décidai-je, tu ne peux porter tout cela seul. Donne-moi le thermos.

— Je m'en tirerai très bien », affirma-t-il, refusant de rien me laisser porter. Désignant du regard le malade étendu sur sa couche, il ajouta : « Tenez-lui compagnie, je vous prie », et sortit avec son fardeau.

Je m'approchai. Les yeux grands ouverts, l'homme allongé me fixait d'un regard morne et comme absent où pourtant je décelai une profonde souffrance. Ce regard me fit penser à la flamme d'une lampe à huile dont l'éclat faiblit insensiblement avant de s'éteindre d'un coup.

Je me baissai vers lui et tentai de le réconforter : « Ce n'est-rien, il faut vous reposer. »

Il continuait à me fixer comme auparavant et ne semblait pas m'avoir compris. Il était agité de frissons. Comment le soulager ? Je demandai précipitamment : « Souffrez-vous ? »

107

Il répondit avec peine : « Merci. » Ce merci fut articulé à voix très basse, néanmoins je l'entendis tout à fait clairement et fut bien surpris. Yang-le-troisième n'était donc pas muet. Dans ce cas, pourquoi s'était-il toujours tu jusque-là ?

Un bruit de pas se fit entendre à nouveau.

« C'est un enfant excellent, dit le malade, veillez sur lui, je vous en prie... » Epuisé, il s'interrompit.

Le jeune garçon entra, portant la cuvette et le thermos.

Je lui pris la cuvette des mains, la posai sur le sol au chevet du lit et humectai la serviette.

« Attendez, c'est à moi ! » s'écria le garçon qui se débarrassa du thermos et tendit la main vers la serviette.

Sans un mot, je me relevai et m'écartai. Devenu spectateur, je vis l'enfant débarbouiller son père, le frictionner, le changer. Il alla jusqu'à nettoyer ses narines et les obstrua à l'aide de boules de coton propre ; ensuite, il lui administra ses médicaments. J'admirai son adresse, sa patience, son dévouement. Ce n'était pas là une tâche convenant à un garçon de son âge mais il l'accomplissait avec une attention et un soin extrême comme s'il avait fait cela toute sa vie.

Le malade se laissait soigner sans une plainte. Docile aux injonctions de son fils, il le suivait de ses yeux éteints. Un sourire aussi triste qu'un sanglot apparut lentement sur le visage tuméfié et il eut à ce moment le regard d'un père aimant. Quand l'enfant eut achevé ses soins, le malade étendit sa main décharnée et, serrant celle de son fils, murmura : « Pardonne-moi, tu me témoignes trop de bonté... », tandis que ses larmes jaillissaient.

« C'est nous qui sommes coupables de te laisser souffrir seul ! » répliqua le garçon d'une voix étouffée ; l'émotion l'empêcha de poursuivre et il s'assit sur le bord du lit.

« Je suis le seul coupable », affirma le malade d'une voix hachée.

« Ne dis pas cela, protesta l'enfant en pleurant, regarde ce que tu es devenu alors que nous, nous vivons dans le confort.

— S'il en est ainsi, soupira le père, je retrouverai la paix de ma conscience.

— Mais... Pourquoi te cacher ? Pourquoi t'infliger de telles épreuves ?... » Appuyant sa tête sur le bras du malade, le garçon sanglotait à fendre l'âme.

Le père caressa affectueusement les cheveux de son fils : « Ne t'afflige pas autant, je ne suis pas tellement à plaindre. »

L'enfant secoua la tête et s'écria avec un accent douloureux : « Ah si, et nous allons te conduire à l'hôpital.

— A quoi bon, les médecins ne peuvent rien contre mon mal », répondit Yang-le-troisième avec fermeté. Son fils ne sut rien répliquer. Le malade poursuivit d'une voix faible et haletante : « Rentre à la maison, ne laisse pas la famille s'inquiéter. »

Les derniers feux du soleil couchant faisaient ressortir l'aspect cireux de son teint, son regard cependant restait vivant et enveloppait tendrement le garçon qui frémissait de passion et s'écria brusquement : « Père, rentre avec moi à la maison, ce sera tout de même mieux que de rester ici.

— Peut-on dire que j'ai encore un foyer ? A quel

titre m'imposerai-je ? Cette maison n'est pas la mienne mais la vôtre », constata amèrement le malade.

« Père, sanglota l'enfant bouleversé, pourquoi notre maison ne serait-elle pas la tienne ? Ne suis-je pas ton fils ? Il n'y a rien là de déshonorant ! Comment oserais-je renier mon propre père ?... » Et toujours secoué de sanglots, il posa sa tête sur la poitrine du malade qui la prit entre ses mains et répondit : « Enfant, je connais ton cœur mais ni ta mère ni les autres ne consentiront à m'accorder leur pardon. Quant à moi, je suis incapable de me réformer. Je vous ai déjà fait suffisamment de mal, je n'aurai pas à nouveau la cruauté... »

Je n'osai pour ma part me manifester. Quel droit avais-je de partager leurs secrets, d'assister au chagrin qui les déchirait, il était trop tard néanmoins pour m'éclipser subrepticement.

Le malade soupira et ajouta d'une voix forte : « Toi, rentre. En ce qui me concerne, plutôt mourir que d'aller m'abriter sous votre toit. » Il se mit alors à pleurer silencieusement, la tête penchée ; son fils pleurait d'une manière plus déchirante encore.

Je ne parvenais plus à distinguer l'expression du père, seules me restaient visibles les mains qui entouraient le front de l'enfant, puis il vint un moment où elles se fondirent dans l'obscurité.

Je m'approchai du garçon et lui donnai une tape sur l'épaule. Il ne réagit pas tout de suite et je dus réitérer mon geste à deux reprises avant qu'il ne tourne vers moi son visage. Je lui dis alors avec gentillesse : « Laissons ton père, il faut qu'il se repose. » Il se leva avec lenteur. Le malade exhala un léger soupir puis tout redevint silencieux.

« Ton père est fatigué, dis-je à nouveau, il est à la

limite de ses forces. Ne lui parle pas davantage, cela l'épuise et ravive sa tristesse.

— Que faire, monsieur Li ? Il refuse la maison, l'hôpital. Il ne peut être question de l'abandonner ici !

— Si ta mère et ton frère aîné l'en priaient, je suis convaincu qu'il accepterait de retourner chez vous.

Le garçon ne répondit pas tout de suite puis il s'écria amèrement : « Ils ne voudront jamais. Vous ne les connaissez pas. Mieux vaudrait l'hôpital mais combien cela coûtera-t-il ? » acheva-t-il d'une voix à peine audible.

« Dans ce cas, nous l'y conduirons demain ; il sera toujours mieux en troisième classe à l'hôpital qu'ici. Si tu n'as pas d'argent, je m'arrangerai », dis-je sans détours. J'avais légèrement haussé la voix car n'entendant plus le malade, je le pensai assoupi.

Le jeune Yang secoua la tête : « Non, je ne veux pas que ce soit vous qui payiez !

— Ne te bute pas ainsi. Quoi de plus important que de recouvrer la santé, nous discuterons du reste par la suite. Quand ton père sera rétabli, nous pourrons lui chercher un emploi. Crois-tu qu'il se rendra à nos raisons ?

— Je l'espère », répondit-il avec gratitude.

« Retrouvons-nous ici demain matin avant neuf heures, nous l'emmènerons à l'hôpital. Au fait, as-tu classe demain ?

— Je peux bien sécher deux cours demain matin. Je vous attendrai ici. Monsieur Li, partez le premier. J'allume la bougie et je reste encore un peu. »

Le malade éternua puis tout rentra dans le silence. Le garçon dut craquer plusieurs allumettes avant de parvenir à faire la lumière.

« Bon, je m'en vais. S'il y a du nouveau, viens m'avertir chez les Yao. »

Il acquiesça. Je sortis et gagnai la cour qui baignait dans l'obscurité.

CHAPITRE XXI

Lorsque je pénétrai dans la résidence des Yao, le portier Li Laohan se leva pour me saluer.

« Ton troisième maître est tombé malade dans le temple, lui annonçai-je, demain son fils et moi le conduisons à l'hôpital. » Lui seul et l'enfant, je le savais, s'intéressaient encore au sort du malheureux.

Il eut l'air abasourdi mais ne fit aucun commentaire.

« Parlons net ! J'ai vu ton troisième maître ici, chez toi. Mais sois tranquille, le rassurai-je, je n'en soufflerai mot à personne. Puis j'ajoutai : si je t'ai mis au courant, c'est que je pense que tu pourras t'échapper pour aller le voir.

— Merci, merci beaucoup monsieur Li, dit-il, reconnaissant, puis il s'inquiéta : mon troisième maître est-il gravement malade ?

— Absolument pas, mais pour guérir, il a besoin de soins. Demeurer dans ce temple n'est pas une solution. Toi qui es un homme de bon sens pourquoi ne lui conseillerais-tu pas de retourner chez les siens ? Il semble qu'ils vivent bien. »

Le portier poussa un douloureux soupir et répondit : « Je sais, monsieur Li, que vous êtes d'un naturel généreux aussi je ne vous dissimulerai rien, mais toute cette histoire est si longue et si pénible qu'il vaut mieux que je vous la raconte un autre jour », acheva-t-il en détournant son visage vers la rue.

« Bien, je vais demander à Lao Wen de te remplacer à la loge et toi tu pourras te rendre au temple.

— Oh oui, oh oui ! » s'écria-t-il. J'avais déjà franchi la seconde porte et j'atteignais le perron quand je l'entendis m'appeler. Je me retournai, l'air gêné, il me demanda : « Monsieur Li, je vous en prie, ne dites rien à Lao Wen des ennuis de mon troisième maître.

— Ne crains rien », le rassurai-je.

Je gagnai la cour intérieure. Les volets de la loge étaient grands ouverts. Posée sur une table, une lampe à pétrole répandait sa lumière. Assis sur le seuil, le vieux serviteur fumait solitairement la pipe. Il tenait dans sa main le fourneau qui par instants rougissait. Un temps très court, son vieux visage bienveillant m'apparut dans cette lueur puis s'effaça tout aussitôt.

Il m'aperçut, se leva, descendit les marches à ma rencontre puis me salua aimablement : « Vous êtes de retour, monsieur Li. »

Nous échangeâmes quelques propos dans la cour puis je lui dis simplement que le portier devait sortir pour moi, pouvait-il le remplacer momentanément ?

« On y va, on y va ! » répondit-il allégrement.

Je lui demandai si son maître et madame Yao se trouvaient à la maison. « Notre maître et madame sont allés à l'opéra.

— Et Petit Tigre ?

— Quand Petit Tigre est chez sa grand-mère, il ne veut jamais rentrer avant minuit. Autrefois, madame l'envoyait chercher, maintenant, madame la grand-

mère s'y oppose car elle soutient son petit-fils »,
grommela le vieux serviteur. A travers l'obscurité, je
sentais son regard fixé sur moi comme une interroga-
tion : pourquoi ne dites-vous rien, n'avez-vous pas un
conseil à nous donner ?

Je tentai de me justifier : « Mes remarques ne
servent à rien, ce matin même, j'ai essayé de mettre
votre maître en garde mais il est persuadé que son fils
est parfait.

— Oui, c'est bien dans son caractère. Il faut espérer
que Petit Tigre se corrigera en prenant de l'âge. »

Comme je n'ajoutai rien, il s'en alla, sans hâte, la
pipe à la bouche.

La lune filtra à travers les nuages et la cour s'éclaira
peu à peu. Un calme absolu régnait dans toute la
propriété. Le chant d'une flûte s'éleva puis la lune fut à
nouveau masquée par un épais nuage sombre. J'eus
l'impression d'être absorbé dans son ombre téné-
breuse. Une tristesse sans cause me submergea. Je fis
quelques pas à travers la cour. La flûte s'interrompit.
La lune jouait à cache-cache derrière les nuées.
J'aperçus Zhao Qingyun, le jeune domestique, il
venait de la cour. Il passa sans s'arrêter devant la loge
et se dirigea droit vers la porte intérieure.

Je gagnai le Jardin du repos et entrai dans ma
chambre. Le chant de la flûte reprit tout proche et,
lorsqu'il cessa de nouveau, le rire d'une jeune fille me
parvint de l'autre côté du mur.

Il me fut impossible de rester plus longtemps
enfermé, je décidai de sortir. Assis dans un fauteuil, le
vieux Laohan, le portier, avait repris sa place dans sa
loge mais je n'étais pas d'humeur à lui faire la
conversation.

Devant la porte, face à la résidence, un groupe s'était formé. Trois aveugles, une jeune femme et deux hommes étaient assis sur un banc. Ils chantaient un air d'opéra tout en s'accompagnant au luth, cet air je le connaissais par cœur, c'était : *L'empereur Minghuang des Tang tiré d'un songe.*

Dix minutes plus tard, ils arrivèrent au passage où une suivante du palais éveillait en sursaut l'empereur, interrompant son beau rêve et leurs voix et leurs instruments se turent. Une vieille femme, sans doute une servante, vint leur remettre quelque argent. Les aveugles se levèrent, remercièrent puis, tâtant le sol de leurs cannes de bambou, se mirent en marche au milieu de la rue.

En tête, avançait le jeune homme qui avait chanté le rôle de la concubine Yang Guifei[1]. Il avait probablement encore l'usage d'un œil puisque, négligeant tout appui, il parvenait à se diriger grâce à la faible lueur de la lune et jouait sur son luth des airs plaintifs.

Derrière lui venait le vieil aveugle qui avait interprété An Lushan, le rebelle. Il s'appuyait d'une main sur l'épaule de son camarade plus jeune et de l'autre tenait sa canne tout en maintenant son instrument de musique coincé sous son aisselle. Je connaissais cet artiste, son visage comme son nom m'étaient familiers. Une quinzaine d'années auparavant, je l'avais souvent vu se produire en scène. Maintenant, il ne chantait plus que les rôles secondaires. Suivait en dernier la femme qui avait tenu l'emploi de l'empereur. Sa voix était toujours aussi belle. Quinze ans plus tôt, je l'avais

1. Inspiratrice des plus grands poètes, elle fut étranglée en 756 par les troupes mutinées.

également entendue dans *La passe de Nanyang* et *Zhu Geliang recommandé*[1]. C'était à présent une femme mûre qui devait avoir atteint la quarantaine. Elle aussi avançait la main droite posée sur l'épaule de son vieux compagnon et la canne dans la main gauche. Je me souvins avoir entendu dire qu'ils étaient époux. Tout en ayant beaucoup vieilli, cette femme était toujours reconnaissable à son visage rond, à sa petite taille et à sa corpulence.

Le chant tragique du luth décrut avec l'éloignement et les trois frêles silhouettes se fondirent dans la nuit. Je pensais soudain au vieux tireur de pousse et à la femme aveugle de mon roman. Ne venaient-ils pas de se matérialiser sous mes yeux par le truchement de ce couple si démuni ? Quel destin étais-je en mesure de leur tracer ? Avais-je encore le pouvoir de leur forger un sort heureux ?

En proie à ces réflexions mélancoliques, je répugnai à retourner me plonger dans la solitude du jardin, aussi restai-je planté au milieu de la rue. De là, je voyais par intermittence réapparaître la silhouette des trois bateleurs. L'idée me vint de les rattraper et je m'élançai à leur poursuite.

Je me trouvai à nouveau devant le temple du dieu Renard. J'entendis tout proche le chant de mes aveugles mais comme retenu par une force invisible, je m'arrêtai devant la porte dont la laque noire s'écaillait. Après un instant d'hésitation, je m'apprêtai à pousser l'un des battants lorsqu'il s'ouvrit brusquement, laissant passage au jeune Yang.

1. Zhu Geliang (181-234) mit son génie politique et militaire au service du dernier empereur Han.

Interloqué, il me dévisagea puis s'écria avec chaleur :

« Monsieur Li !

— C'est seulement maintenant que tu rentres chez toi ? lui demandai-je avec douceur.

— Oui.

— Ton père va-t-il mieux ? dort-il ?

— Merci, il va mieux et Li Laohan, le portier, est près de lui.

— Alors va te reposer, tu t'es suffisamment fatigué aujourd'hui.

— Bien ! Monsieur Li, je vous attends demain matin, un peu avant neuf heures, ou plus tard si vous préférez.

— Non, c'est parfait, je serai exact. »

Il s'en fut et je ne me décidai à entrer que lorsqu'il eut disparu de mon champ de vision. Je poussai doucement le battant de la porte qui s'écarta sans bruit.

Je descendis dans la cour intérieure où brillait la flamme d'une bougie. D'une voix chargée de sanglots, le portier protestait : « Troisième maître, vous ne pouvez faire cela... »

Je ne me sentais ni le droit d'écouter leur conversation, ni celui de l'interrompre. Après quelques instants passés à en débattre avec ma conscience, je m'esquivai silencieusement. J'entendis alors le malade affirmer : « J'ai honte de porter préjudice à mon fils. »

Je regagnai la résidence des Yao. Dès la porte intérieure, j'y retrouvai le calme habituel. Dans la loge, la lampe à pétrole venait d'être mouchée mais tout semblait désert. La lune avait chassé les nuages et paraissait une ampoule électrique géante suspendue dans le ciel bleu indigo.

La tête baissée, je fis quelques pas dans la cour quand éclata soudainement à mes oreilles un appel cordial de madame Yao. J'y répondis.

La jeune femme portait une robe de fin tissu gris-bleu, une courte veste blanche et comme toujours, elle souriait aimablement. Lao Li, le tireur, se dirigeait vers le salon en traînant son pousse-pousse vide.

Je questionnai :

« Etes-vous allée au cinéma, madame Yao ? Et où se trouve votre époux ?

— En revenant, il a rencontré un ami qui voulait lui parler mais il sera bientôt là. Etes-vous vous-même rentré depuis longtemps ? Nous vous avons cherché pour vous prier de nous accompagner puis nous avons compris que vous étiez sorti avant le dîner. Avez-vous dîné dehors, monsieur Li ?

— Oui, j'avais à faire en ville. Le film était-il bon ? »

Son sourire disparut, elle fronça les sourcils : « Oui, c'était un bon film *Ames invengées dans une mer de douleur*, mais trop triste, déprimant pour les spectateurs.

— J'ai déjà vu ce film. C'est l'histoire d'un médecin et d'une jeune fille injustement pendus. Les deux acteurs principaux étaient excellents. »

Après un moment, madame Yao ajouta pensive : « Pour quelle raison les hommes se montrent-ils si cruels avec leurs semblables ? Ce médecin altruiste, cette jeune actrice sans emploi ne faisaient de tort à personne. Pourquoi les autres se sont-ils acharnés à leur perte. Les humains ne pourraient-ils tenter un effort pour échapper à la haine généralisée ? »

Elle leva la tête vers le ciel. La lune nimbait d'argent son visage, faisant ressortir la pureté de ses traits. Elle avait une expression d'une poignante tristesse. Pour la première fois, elle me mettait son cœur à nu. L'envers de son existence m'apparaissait enfin : l'exécration que lui manifestait la famille Zhao, le dédain de Petit Tigre, l'incompréhension de son mari... Je mesurai toute la profondeur de sa solitude...

Je souffrai pour elle, mais en réalité j'éprouvai pour cette jeune femme bien davantage que de la sympathie. Comment aurais-je pu oser lui exprimer mes sentiments ? Socialement, je n'étais qu'un personnage insignifiant et ma vie ne valait pas cher, pourtant, si à ce moment je m'étais trouvé en mesure de lui apporter le bonheur, je n'aurais rien regretté.

Mais comment lui ouvrir mon âme ? Je ne pouvais lui déclarer mon amour, d'ailleurs était-ce véritablement de l'amour ? Une seule pensée m'habitait : l'arracher à ses tourments, lui rendre à jamais le sourire.

Je dis pour tenter de l'apaiser : « Les préceptes de l'ancienne morale sont nuisibles, néanmoins cette histoire est entièrement imaginaire, dans la réalité, l'humanité n'est pas avare de tendresse. » C'était une simple constatation mais je mis pour l'exprimer toute la force de ma sincérité car je voulais qu'elle en soit convaincue.

Elle me regarda, hocha la tête et répondit assez bas : « Certes, mais ma propre vie n'est-elle pas trop douillette ? Je ne fais même pas allusion à l'aide que je pourrais apporter aux autres car je ne parviens déjà pas à m'occuper convenablement de la maison. Lorsque j'en prends conscience mon inutilité m'accable.

— Je n'ignore pas les soucis que vous cause Petit Tigre », repris-je, j'avais enfin abordé la question du garçon. « J'ai reproché son laxisme à son père. J'imagine combien cela doit vous tourmenter. Mon ami Yao finira pourtant par comprendre où est son devoir et cette perspective devrait vous rassurer. »

Elle soupira doucement et, après un temps, répondit toujours aussi bas : « Je ne parviens pas non plus à comprendre pourquoi la famille de Petit Tigre me déteste à ce point. Et pourquoi, à cause de moi, ils compromettent l'éducation d'un enfant qui n'est pas mauvais. J'aurais souhaité être pour eux une fille affectueuse et servir de mère à Petit Tigre mais ils ne m'ont laissé aucune chance et me traitent en ennemie, aussi, trompés par les apparences, les étrangers ont-ils l'impression que je ne remplis pas bien mes devoirs. »

Devant son désarroi, j'avais la gorge serrée et n'aurais pu prononcer une parole. Elle fixait le mur qui faisait face à la porte comme si elle avait oublié ma présence.

« Pourquoi les Zhao me portent-ils une telle antipathie, poursuivit-elle, j'ai beau réfléchir à cette question, je ne parviens pas à comprendre. Peut-être à cause de l'attitude de mon mari qui me témoigne, dit-on, plus d'attachement qu'il n'en témoignait à la mère de Petit Tigre, cela seulement suffirait à les indisposer. Mais en quoi suis-je coupable ? Ai-je jamais desservi personne auprès de lui ? Lorsque je suis arrivée dans cette demeure, je n'avais pas tout à fait vingt ans et j'étais une jeune fille sans grande expérience. Ma mère s'inquiétait : saurais-je diriger la maison, saurais-je remplir mon rôle auprès de l'enfant ? Moi-même, j'étais morte d'appréhension. C'est en tremblant que je m'initiais à ces diverses tâches dans cette vaste résidence. Il n'y avait personne à mes côtés pour me guider et j'étais totalement ignorante. J'espérais que la belle-mère de mon mari voudrait bien me considérer comme sa fille, j'espérais aussi que Petit Tigre voudrait bien me considérer comme sa mère. Ce fut un échec. Je ne sais plus que faire. Mon mari ne m'est d'aucun secours et je dois me montrer de plus en plus prudente », conclut-elle en baissant la tête.

Je m'efforçai de lui redonner courage : « Il ne faut pas vous laisser démoraliser. Même moi qui aurais des raisons pour cela, je ne me mésestime pas, que vous-même tombiez dans ce travers est d'autant plus impensable », affirmai-je avec sincérité.

« Monsieur Li, vous vous moquez de moi, en quoi vous serais-je supérieure ?

— Je ne me moque pas : vous m'avez, par votre conversation d'hier, ouvert tant d'horizons. Si par la suite, je mène une vie plus intéressante et plus utile, ce sera grâce à votre influence. Votre rayonnement s'exerce sur votre entourage, alors pourquoi ne pas en être la première bénéficiaire ?... »

Son regard restait fixé sur moi avec une grande douceur et il me sembla y discerner des larmes. Je n'avais pas fini de lui exposer ma façon de voir que mon ami Yao arriva et s'écria, jovial : « Eh, pourquoi restez-vous plantés là au lieu d'aller vous asseoir dans le salon ?

— Nous bavardions en t'attendant, répondit madame Yao souriante et naturelle, mais nous sommes debout depuis un bon moment aussi je crains que monsieur Li ne se sente fatigué.

« — C'est vrai, et vous-même devriez aller vous reposer, à demain donc », enchaînai-je.

Nous gravîmes ensemble les marches du perron. Du salon, le couple gagna ses appartements et moi, je me dirigeai vers le Jardin du repos.

CHAPITRE XXII

Le lendemain matin, je sortis aux environs de sept heures et demie. Le portier Li Laohan était à son poste. Il me jeta un regard triste et me salua d'un « Monsieur Li ». J'eus l'impression qu'il voulait me parler mais, répondant par un bref signe de tête, je me glissai dans la rue.

J'atteignis rapidement le temple. La porte était grande ouverte. Je pensai que le jeune Yang avait dû arriver avant moi et me hâtai.

A l'intérieur, tout était silencieux et désert. Je n'apercevais pas trace du malade, de plus sa couverture, sa cuvette de toilette et son thermos avaient disparu. La paille qui lui servait de grabat était éparpillée sur le sol. Je remarquai un papier coincé sous une brique. Je le pris et lus :

« Enfant,

Oublie-moi, considère-moi désormais comme un homme mort. Vous ne me retrouverez jamais. Laissez-moi terminer en paix mon existence.

Ton père. »

Ces quelques lignes me permirent d'entrevoir l'âme de celui qui les avait rédigées. J'ignorais tout du processus de sa « déchéance » mais j'y lisais clairement les aspirations d'un père aimant. J'étais plongé dans mes réflexions quand le pas du jeune garçon retentit. Je l'attendis.

« Quoi, s'écria-t-il stupéfait, vous êtes seul, monsieur Li ! et mon père !

— Je viens d'arriver, j'ajoutai à voix basse, vois ce billet. » N'osant le regarder en face, je le lui remis.

« Où est-il, monsieur Li, où est-il ? Où le rechercher ? » Il paraissait désespéré et s'accrochait à mon bras avec la frénésie de quelqu'un qui se noie.

M'efforçant de conserver mon calme, je me mordis les lèvres puis repris : « Nous ne pouvons que lui obéir. Comment le retrouverions-nous ? »

Il secouait la tête en sanglotant. « Jamais, jamais ! Le laisser souffrir seul alors que nous menons une vie confortable !

— Mais où le rechercheras-tu ? La Chine est si vaste ! »

Il se laissa tomber sur le tas de paille et se mit à pleurer amèrement.

Je gardais les yeux secs, croisant les mains sur ma poitrine, je levai la tête pour prendre le ciel à témoin : comment alléger le chagrin de cet enfant ? mais le ciel, immuable, ne me fournit aucune réponse. Il ne pouvait davantage m'informer de la cachette du fugitif. Tout ce que je savais, c'est que celui-ci avait emporté ses maigres biens avec lui, cela signifiait avec certitude qu'il n'entendait pas attenter à sa triste vie. Aussi, je laissai l'enfant pleurer sans lui prodiguer aucune consolation, en réalité, je n'en avais aucune à lui fournir.

Finalement, il se tut, se releva et me demanda sur un ton suppliant : « Monsieur Li, vous qui avez tant d'expérience, pouvez-vous me dire ce qui va arriver à mon père? Ne me cachez pas la vérité. Je serai courageux. »

Je ne répondis pas aussitôt, puis, fuyant son regard, dis avec douceur : « Mais, rien du tout, voyons! Pourquoi veux-tu qu'il lui arrive quelque chose? Allons donc interroger le vieux Laohan, le portier, il en sait sûrement davantage.

— C'est vrai. Hier soir quand je suis parti, cela me revient maintenant, il était encore en conversation avec mon père. »

Je lui tapotai l'épaule : « Dépêche-toi de t'essuyer les yeux et allons chez les Yao. »

Lorsque nous traversâmes la grande salle du temple, je notai que le vase se trouvait toujours sur la table aux offrandes, mais que la branche desséchée de camélia qui s'y trouvait avait disparu.

CHAPITRE XXIII

A l'entrée, le portier regardait dans notre direction comme s'il nous avait attendus.

Le garçon courut à lui et s'agrippa à son bras : « Li Laohan, sais-tu où est allé mon père ? »

Secouant la tête le vieil homme répondit tristement : « Mon jeune maître, je ne sais rien.

— Je suis sûr que tu le sais, lui et toi, vous avez longtemps parlé hier soir. Dis-le-moi vite que je parte à sa recherche », implora l'enfant obstiné.

« Jeune maître, c'est la vérité, je ne sais rien », affirma le portier d'une voix hachée et il baissa la tête comme s'il voulait échapper au regard interrogateur posé sur lui.

« Li Laohan, que t'a-t-il confié après mon départ ? Tout le monde vante ton bon cœur, tu ne tromperais pas un jeune enfant comme moi. Je veux retrouver mon père, monsieur Li m'apportera son aide et nous commencerons par le conduire à l'hôpital pour qu'il guérisse ; ensuite je supplierai ma mère et mon frère de le reprendre à la maison. Tout cela est dans son intérêt, alors pourquoi me refuses-tu ce renseignement ?... » acheva-t-il d'une voix presque inaudible. Son émotion était si vive que des sanglots l'empêchèrent de poursuivre. Il lâcha le bras du portier et s'essuya les yeux.

J'étais très ému. Je me rapprochai du vieil homme et lui intimai avec douceur : « Li Laohan, dis-le-lui. »

Il redressa la tête et à plusieurs reprises passa sa main sur son crâne chauve. Après un long soupir, il répondit tristement : « En réalité, mon troisième maître ne m'a pas indiqué avec précision l'endroit où il se rendait. Hier soir, nous avons parlé longtemps ensemble. Il m'a annoncé qu'il allait quitter le temple pour une destination qui resterait inconnue et que le jeune maître ne découvrirait pas. Je lui demandai de renoncer à ce malheureux projet. Il me répondit que, quant à lui, il était résigné à son destin mais que la seule chose qui lui tenait encore à cœur était le sort de son plus jeune fils : pour son bien, il devait disparaître et ne plus tenter de le revoir. Il voulait que le jeune maître en vienne à l'oublier et, à l'exemple de madame et du fils aîné, il le considère comme mort. Mais moi, je lui ai dit : « Troisième maître vous ne pouvez agir ainsi et briser le cœur du jeune maître. » Et lui m'a répondu : « Mieux vaut trancher dans le vif, sinon mon fils n'a pas fini de souffrir. » Je n'ai pas compris ses raisons, j'ai pensé que sa maladie lui troublait l'esprit. Après cela, je suis parti. C'est l'entière vérité. Comment oserais-je mentir à mon jeune maître ? » acheva-t-il en pleurant.

Le garçon s'élança vers le fauteuil du portier et, cachant sa figure dans ses mains, s'y effondra en sanglotant. Ne sachant quelle contenance adopter, le vieil homme le contemplait avec une profonde compassion.

J'allai vers l'enfant et lui pris les mains avec

douceur. « Viens chez moi. Essuie tes larmes. Pleurer n'avance à rien. »

Il se débattit pour tenter de m'échapper, je répétai mon invite.

« Retrouvez mon père, rendez-le-moi ! » s'écria-t-il avec humeur, mais il n'essaya pas de retirer ses mains des miennes. C'était la première fois que ce garçon trop tôt mûri s'exprimait comme un enfant de son âge.

« Je le retrouverai et te le ramènerai », dis-je en employant son ton enfantin pour le mettre en confiance.

Finalement, il m'écouta, se calma et se leva pour me suivre.

CHAPITRE XXIV

Je le fis asseoir sur le canapé et m'efforçai de le consoler. Il ne pleurait plus et se contentait d'approuver mes propos. Ses yeux restaient gonflés par les larmes qu'il venait de verser et son regard allait, indécis, de la porte à moi-même, son interlocuteur.

Brusquement, il se leva : « Je sors un moment! » « Bien », dis-je. Je ne tentai pas de le suivre, je me sentais à bout de force et me calai dans le moelleux sofa dont j'espérais ne plus bouger.

J'attendis son retour mais au bout d'une demi-heure, n'entendant toujours aucun bruit, j'allai jeter un coup d'œil au-dehors. Le jardin était désert, l'oiseau s'était envolé et devait déjà être loin.

Il ne m'avait pas raconté l'histoire de son père, je me sentis très seul et très malheureux. Je ne me sentais tenté ni par une sieste, ni par une flânerie en ville et résolus de réagir en me concentrant sur mon roman.

Ce jour-là, l'inspiration me fut favorable. Mon récit m'émut moi-même : après avoir été rossé devant le seuil d'une maison de thé, le vieux tireur de pousse-pousse allait vers la femme aveugle et s'effondrait à sa porte.

. . . .

Le premier instant de surprise passé, elle le palpa et, soucieuse, questionna : « Que se passe-t-il donc? » Elle prit à tâtons la main qu'il lui tendait.

Il s'efforça de rire et répondit : « Je suis tombé. »

Elle se pencha vers lui, demandant : « Tu es tombé, souffres-tu?

— Non, je ne me suis pas fait mal. » Et, en essuyant les traces de sang sur sa figure inondée de larmes, le vieux tireur se forçait à rire tout haut.

. . . .

Il me semblait les voir tous deux converser là, devant moi. Je me trouvais en tiers dans leur vie, je partageais l'intensité de leurs souffrances. Au moment où mon angoisse devenait intolérable, Lao Wen se rua dans ma chambre, annonçant : « Il faut évacuer! »

C'était, m'apprit le domestique, la deuxième alerte aérienne depuis le début de l'année. Ma montre indiquait déjà quinze heures dix. J'estimai que les avions ennemis ne survoleraient pas la ville mais je profitai de l'occasion pour poser ma plume.

Je lui demandai où se trouvaient ses maîtres. Il me répondit qu'ils étaient sortis, après le déjeuner, pour accompagner madame la tante pour des achats. Sans doute étaient-ils maintenant au « Jardin du ruisselet » près de la porte Nord et y prenaient-ils le thé en écoutant jouer du luth. Petit Tigre, ajouta-t-il, s'était rendu en classe le matin et n'était pas encore revenu.

Le personnel se disposait-il à quitter la résidence et même la ville? Tous partaient, me confirma-t-il, sauf le portier qui restait pour garder la maison, car le vieux Li Laohan se refusait à fuir en cas d'alerte et personne n'était jamais parvenu à le faire changer d'avis.

A ce moment, la sirène (bruit duquel j'étais depuis longtemps déshabitué) retentit, annonçant l'imminence d'un bombardement.

« Monsieur Li, vite, vite, éloignez-vous ! » s'écria Lao Wen affolé.

« Pars le premier, répondis-je, je m'en irai tout à l'heure. » Je me sentais exténué et n'avais aucune envie de fuir au loin sous le soleil.

Il m'obéit. Le jardin retrouva son calme. Le sommeil me gagna et je m'assoupis sur le canapé. Lorsque je rouvris les yeux, le silence régnait toujours.

Ma fatigue s'était dissipée. Je me levai et sortis. Je restai un moment immobile sur le seuil. Le jardin me parut d'un vert plus foncé. Longeant la balustrade, je quittai l'enclos.

Le portier était dans sa loge, tranquillement installé dans son fauteuil. J'aperçus dans la rue quelques rares passants en uniformes.

« Vous restez, monsieur Li ? » me demanda Li Laohan déférent.

« Je ne partirai que lorsque la sirène sonnera le signal « urgent » », répondis-je et je pris place sur un banc en face de lui.

Il parut inquiet : « Si vous attendez ce signal vous ne pourrez aller bien loin, mieux vaudrait partir dès maintenant.

— Peu importe, j'atteindrai toujours les murailles de la ville. »

Il n'ajouta rien. Je repris, cette fois, sans ménagements : « Li Laohan, dis-moi tout ! Pourquoi ton troisième maître s'est-il enfui ? Pourquoi refuse-t-il d'aller à l'hôpital ou de retourner chez lui ? »

Il tressaillit, je le regardai droit dans les yeux et lui

dis avec l'accent de la sincérité : « Mon seul désir est de vous venir en aide à tous deux, ton jeune maître et toi. Pourquoi me dissimules-tu la vérité ?

— Monsieur Li, je ne vous cache rien. Ce matin, je vous ai dit tout ce que je savais », répondit-il d'une voix chevrotante en fuyant mon regard. Il baissa la tête et je compris qu'il était près de pleurer.

« Mais dans quel but ton troisième maître se comporte-t-il ainsi ? Pourquoi se fait-il l'artisan de son propre malheur ? » Je le pressai de questions sans lui laisser le temps de réfléchir.

« Ah, soupira le vieil homme, ne savez-vous pas que celui qui a fait un faux pas dans sa jeunesse le paie toute son existence. Il n'est pas facile de revenir en arrière. Tel a été le sort de mon troisième maître. Je vais vous raconter son histoire et ensuite tout deviendra clair pour vous. Il a dissipé son patrimoine et il a l'impression d'être méprisé par sa famille. Rongé par le remords, il n'a pas voulu toucher à l'argent qui appartenait à ses fils, aussi s'est-il caché sous un faux nom. Il voulait que les siens ne sachent rien de lui mais le jeune maître l'a retrouvé et lui a souvent apporté de l'argent, de la nourriture et des fleurs. Le jeune maître venait ici cueillir pour son père qui les aime beaucoup les camélias du jardin. »

J'avais la conviction qu'il en savait davantage, aussi ne lâchai-je pas prise : « Mais pourquoi l'épouse et le fils aîné de ton maître ne prennent-ils pas soin de lui ? »

Il sembla se renfermer sur lui-même. Je crus qu'il ne me répondrait pas. Assis en face de lui, je me taisais et laissais errer mon regard vers la rue. Des gens chargés de paquets ou portant des enfants passèrent devant la porte. Un homme cria d'une voix rauque : « Vite, filons ! Les avions ennemis arrivent ! » En fait le signal indiquant « urgent » n'avait toujours pas retenti.

Le portier releva la tête, ses joues étaient humides de larmes et de la salive brillait sur sa barbe blanche.

« Je ne comprends pas grand-chose à leurs relations : le père et son fils aîné ne s'entendent pas bien. L'année où la résidence a été vendue, le garçon avait juste terminé ses études et il commençait à travailler dans une banque. Depuis longtemps son père entretenait une maîtresse qu'il avait installée dans une petite maison en location. Madame était impuissante à retenir son mari et lui faisait des scènes continuelles. Le fils aîné prit le parti de sa mère. J'ignore quand mon troisième maître a quitté sa famille. Son fils aîné ne fit aucun effort pour le rechercher. Seul, le jeune maître n'oubliait pas son père et voulait le retrouver et c'est par hasard qu'il le rencontra dans la rue. Mon troisième maître avait élu domicile dans le temple du dieu Renard. Le petit l'y suivit, aussi son père ne put-il pas le lui cacher... »

Je n'osai regarder le vieil homme en face et me contentai de l'écouter attentivement. La sirène indiquant la fin de l'alerte hurla soudain et il se tut. Son récit avait avivé ma curiosité. J'aurais aimé lui poser d'autres questions mais il se leva et se dirigea vers la sortie.

Une pensée me traversa l'esprit, ce fut une illumination : cet homme, Yang-le-troisième, époux et père, a certainement été chassé de sa maison par sa femme et par son fils.

Le portier m'en avait raconté suffisamment pour cette fois. Je devais le laisser souffler.

CHAPITRE XXV

Interminables et monotones, une dizaine de jours s'écoulèrent. Je consacrais mes matinées à la rédaction de mon roman et l'après-midi, je flânais par les rues. L'inspiration me fuyait, je peinais au fil des pages qu'il m'arrivait parfois d'arracher. Mes deux malheureux héros me tenaient maintenant tant à cœur qu'ils m'ôtaient tout sang-froid et jusqu'à la maîtrise de ma plume.

Mon ami Yao venait également me voir un jour sur deux. Nous bavardions. Il avait beau se plaindre sans arrêt, il paraissait toujours aussi radieux, sûr de lui, détaché des contingences et intarissable lorsqu'il s'agissait de sa femme, de son fils et de son bonheur familial.

Je ne vis pas madame Yao de toute une semaine car elle était souffrante mais, d'après son mari, ce malaise était provoqué par une « position intéressante ». En tout cas Yao ne semblait nullement inquiet à son sujet, bien au contraire, il rayonnait. En l'absence de la jeune femme, la grisaille envahissait ma chambre et parfois la solitude m'étreignait.

Une pensée m'obsédait au cours de mes promenades : un jour, je croiserai Petit Yang et son père. Je souhaitais autant découvrir leurs secrets que leur venir

135

en aide de toutes mes faibles forces. Mais comment repérer Yang-le-troisième dans une ville aussi vaste où les passants se pressaient en grand nombre ? Quant à son jeune fils, je ne l'avais pas aperçu de plusieurs jours. Je ne doutais pas que Li Laohan, le portier, puisse me donner son adresse mais, lorsque je sortais, à la vue de son visage vieilli et anxieux, je me disais que je n'avais pas le droit de le tourmenter davantage.

Une fois, alors que je rentrais, le portier me lança un regard morne dont je compris aussitôt le sens : « L'avez-vous retrouvé ? » Je secouai la tête et répondis dans le même langage muet : « Pas le moindre indice. » Ce manège se reproduisit trois jours durant et se poursuivit, au point de m'indisposer. J'avais envie de lui crier : « Tu sais parfaitement que nous ne retrouverons jamais ton troisième maître, alors cesse de m'importuner ! »

Le samedi arriva. Il y avait exactement trois semaines que j'avais assisté à la scène de la correction par le marchand de galettes.

En me levant, la tête me tourna et il me semblait avoir les tempes serrées dans un étau. Je n'avais ni l'envie, ni la force de m'atteler à une quelconque tâche. Etendu sur mon lit, privé de compagnie, je me sentais très seul. J'espérais que mon ami Yao viendrait bavarder avec moi. Tranquillement adossé au sofa, je l'écouterais débiter ses vantardises mais, contre toute attente, je n'eus pas sa visite ce jour-là. En m'apportant mon déjeuner, le domestique m'apprit que son maître était sorti pour assister à un banquet. Je lui demandai des nouvelles de sa maîtresse. Il m'annonça que madame se portait mieux et que belle-sœur Zhou avait décrété que madame Yao attendait un « petit

136

trésor ». Il ajouta que la mère de madame et sa belle-sœur étaient arrivées de bon matin. Je ne lui avais posé aucune question au sujet de Petit Tigre, mais il crut bon de m'informer que celui-ci était parti la veille se distraire chez sa grand-mère. Comme il n'était pas rentré le soir, Madame avait dépêché Lao Li avec son pousse-pousse pour le ramener. La grand-mère Zhao avait fort mal reçu le tireur et elle lui avait dit qu'elle avait décidé de garder son petit-fils une quinzaine de jours pour le mettre à l'abri des mauvais traitements de sa belle-mère. Une fois rentré à la résidence, Lao Li n'avait pas osé rapporter de tels propos à madame Yao tant il craignait de l'indisposer.

Là-dessus, le domestique m'exposa ses doléances en ce qui concernait la famille Zhao et Petit Tigre. Son point de vue et le mien, à vrai dire, différaient peu. J'eus quelques paroles bien senties pour flétrir le comportement des Zhao. Lao Wen empila alors bols et assiettes et me quitta.

La tête encore lourde, je m'installai sur le sofa et m'assoupis. Lorsque je repris mes sens, il me sembla entendre une toux légère venant du jardin. Je me précipitai à la porte.

Je n'en crus pas mes yeux. Comment, c'était bien Petit Yang, là, sous le camélia ? Je me frottai les paupières. Oui, c'était bien lui, vêtu de son uniforme gris d'écolier, la tête nue, qui examinait l'arbre en un endroit précis.

Je descendis les marches du perron. Il n'eut pas l'air de soupçonner ma présence. Je me dirigeai vers lui mais comme il me tournait le dos, il n'esquissa même pas un mouvement.

« Que regardes-tu ? » lui demandai-je avec gentillesse.

Il sursauta et de détourna d'un geste vif. Il avait maigri et les imperfections de son visage s'étaient accentuées : l'ovale trop allongé, le nez légèrement dévié et les dents proéminentes.

« Je regarde l'inscription tracée par mon père. »

Je regardai à mon tour au même endroit et discernai, profondément gravés mais déformés, les trois caractères qui formaient le nom entier de Yang-le-troisième : Yang Mengchi. Un examen plus attentif me permit de déchiffrer une date : le septième jour du quatrième mois de l'année Guengwu. Cette inscription remontait à trente-deux ans, à 1910, et le père du garçon n'avait alors lui-même guère plus d'une dizaine d'années.

« Ton père, demandai-je à voix basse, t'a-t-il donné de ses nouvelles ?

— Aucune, répondit-il en secouant la tête. Je l'ai cherché partout en vain.

— Je n'en ai pas eu non plus », repris-je. Mon regard s'arrêta à nouveau sur l'inscription et je pensai avec un serrement de cœur : c'est une dure et longue route à parcourir !

Après un moment, il tourna brusquement son visage suppliant vers moi et s'écria : « Monsieur Li, où mon père a-t-il pu se cacher ? comment le retrouver ? »

Je hochai la tête sans répondre.

« Monsieur Li, mon père est-il encore en vie ? Le reverrai-je ? » Ses yeux étaient rouges et il retenait ses larmes.

La pitié que j'éprouvai me poussa à dire :

« Oublie-le, pourquoi cultiver son souvenir ?

Regarde comme tu as fondu ces temps derniers! Tu n'y arriveras pas.

— C'est impossible. Je ne pourrai jamais l'oublier et je suis sûr de parvenir à le retrouver », riposta-t-il d'une voix tremblante.

« Et où le retrouverons-nous, le pays est si vaste, les gens si nombreux et, tu n'es toi-même qu'un petit garçon.

— Mais si vous m'aidez, à deux, nous réussirons. »

Je secouai la tête attendri et apitoyé : « Que nous soyons deux ou vingt, nous irions au-devant d'un échec. Respecte plutôt sa volonté et ne pense plus qu'à mener à bien tes études.

— Monsieur Li, comment aurais-je le cœur à l'étude tant que je saurai mon père en train de souffrir seul? Si je ne le retrouve pas, à quoi me serviraient mes diplômes? Quel sens prendrait ma vie? »

Je le pris par le bras et lui dis avec une nuance de reproche : « Comment peux-tu parler ainsi? Tu es très jeune, tu as ta mère. De plus ton père est toujours en vie et n'est pas... »

Il m'interrompit : « Ma mère a auprès d'elle mon frère aîné qui lui témoigne du respect et de l'affection, mon père, lui, n'a que moi. Peu leur importe à tous deux qu'il soit vivant ou mort... » Des larmes ruisselaient autour de sa bouche et il ne prenait pas la peine de les essuyer.

« Ta mère, ton frère et toi appartenez à une même famille. Alors, pourquoi eux deux se montrent-ils si peu secourables envers ton père? Si tu savais trouver des arguments suffisants pour toucher leurs cœurs, je suis certain qu'ils t'écouteraient. »

Il secoua la tête : « Cela ne servirait à rien. Mon frère aîné hait mon père et ma mère ne l'aime guère. C'est Frère aîné qui a mis mon père à la porte et il nous a interdit de prononcer son nom... »

Finalement il me livrait ce secret dont je pressentais l'existence mais entendre raconter les malheurs du père par la bouche de cet enfant me causa comme un choc. J'étais incapable d'expliquer l'impression que je ressentais. Une brutale envie de fuir me prit pour ne plus contempler sa petite figure déformée par le chagrin. Une autre impulsion chassa la première : prendre le garçon par la main et courir ensemble comme des fous à la recherche du fugitif, ou bien encore le faire asseoir dans ma chambre et lui demander de narrer dans le détail l'histoire de sa famille.

Je ne parvenais pas à me décider. Nous demeurâmes un bon moment sous le camélia. Toute fatigue m'avait quitté et j'avais oublié mon mal de tête. J'éprouvais seulement la sensation d'une attente.

C'est alors qu'une douce voix féminine, dont je reconnus aussitôt le timbre, s'éleva derrière nous : « Ne te tourmente pas mon enfant. Parle-nous de ton père. Monsieur Li et moi, nous voulons t'aider. »

Nous nous détournâmes le garçon et moi d'un même mouvement. Devant la colline artificielle, pâlie par son indisposition, madame Yao le contemplait avec gentillesse.

« J'ai surpris, sans en avoir l'intention, la fin de votre conversation », dit-elle avec un sourire triste en prenant la main du jeune Yang. « J'ignorais à quel point ton désespoir était profond, et elle ajouta, maternelle : allons nous asseoir chez monsieur Li. »

Le garçon marmonna une réponse et, obéissant, la suivit. Jeune femme svelte en tailleur bleu ciel, elle semblait une sœur accompagnée de son jeune frère. Je leur emboîtai le pas.

CHAPITRE XXVI

« Lorsque j'étais petit, j'étais le favori de mon père. A deux ans, je m'en souviens, je dormais dans son lit. Ma mère préférait mon frère aîné qui, dès l'enfance, fit preuve d'un caractère insoumis. Père quittait la maison jusqu'au soir et à son retour, maman et lui se querellaient parfois très durement. Maman pleurait. Le lendemain matin, si papa lui disait quelques gentillesses, elle retrouvait sa bonne humeur. Deux jours plus tard, cela recommençait. Je redoutais plus que tout ces scènes entre mes parents où il arrivait que Frère aîné prenne le parti de maman. Je me réfugiais dans mon lit et même à la saison chaude, ramenais les couvertures par-dessus ma tête, n'osant manifester ma présence et n'arrivant pas non plus à m'endormir. Quand mon père venait se coucher, il écartait les couvertures et me surprenait tout éveillé. Il me demandait si c'était à cause d'eux, la gorge nouée, j'acquiesçais d'un signe. Très ému, il m'assurait qu'ils ne recommenceraient jamais plus, je pleurais à mon tour, tout en m'efforçant d'étouffer le bruit. Papa alors me tenait une longue et affectueuse conversation et je finissais par sombrer dans le sommeil. »

C'est ainsi que le jeune Yang commença à nous

livrer son histoire. Madame Yao avait pris place sur l'un des sofas, moi sur le bord de mon lit, et lui était assis sur le grand sofa qui jouxtait mon lit. Son regard se perdait du côté de la fenêtre masquée d'un rideau vert clair. Ses yeux rouges et gonflés étaient embués de larmes retenues. Il revit devant nous son enfance, pensai-je.

« Par la suite, poursuivit-il, la situation ne fit qu'empirer. Père était absent à longueur de journée et maman passait son temps à jouer au mah-jong, lorsqu'elle avait perdu, son humeur n'en devenait que plus mauvaise. Une fois, elle me réveilla pour m'ordonner d'aller avec Frère aîné nous prosterner devant notre père. « Hâtez-vous tous deux de vous jeter aux pieds de votre père et suppliez-le d'épargner un peu d'argent sinon vous finirez comme des mendiants et lui sera déshonoré ! A genoux, vite à genoux ! » Frère aîné obéit aussitôt et moi, je ne pus que l'imiter. Notre père, le visage cramoisi, s'arrachant les cheveux, bafouilla à l'adresse de ma mère : « Pourquoi cette mise en scène, pourquoi ? » Et il ne trouvait d'autre parade que de tourner en rond, énervé, dans la pièce. Maman nous houspillait : « Le front à terre ! » Frère aîné s'exécuta et moi, j'éclatai en sanglots. Mon père, hors de lui, désignait ma mère en balbutiant : « Toi ! » Ma mère pointa son doigt sur lui et s'écria : « Tu ne dis rien aujourd'hui. Aurais-tu honte ? Ces deux garçons sont tes fils, drape-toi dans ta dignité paternelle et fais-leur la morale ! Ose prétendre devant eux que l'argent que tu jettes par les fenêtres est le fruit de ton travail et non de l'héritage de leur grand-père. » Mon père répondit : « Regarde, le petit pleure ! Pourquoi cette scène ? Si les voisins nous entendent, cela nous déconsidère à leurs yeux. » Cette réflexion eut pour effet d'accroître la colère de maman, elle cria : « Jusqu'ici, c'est toi qui provoquais les scènes, et aujourd'hui, tu les redoutes ! Toi seul as tous les droits, et moi, je devrais me taire ! Tu crains l'opinion des autres mais tout le monde sait que tu fréquentes les prostituées et les tables de jeu. Quant à moi qui mène la vie d'une veuve, je suis un objet de risée... » Mon père se boucha les oreilles et dit : « Cesse ! Veux-tu que je me jette à tes genoux ?

— Non, moi, moi ! » hurla maman et soudain, elle se trouva à ses pieds tandis que père, toujours debout, paraissait figé dans l'immobilité. Mère se mit à pleurer et, tenant un pan du vêtement de père, sanglota : « Prends-nous en pitié tous les trois. Il vaudrait mieux que tu nous tues plutôt que de nous faire endurer ce martyre ! »

Père de répondit pas, il détacha la main qui tenait son vêtement et s'enfuit sans tenir compte de l'appel de maman. Nous étions tous en larmes, maman nous regarda et dit : « Faites de bonnes études mes fils, sinon nous mourrons de faim. » Que pouvais-je ajouter ? mais mon frère s'écria : « Mère, sois tranquille. Quand je serai grand, je te vengerai ! »

Ce soir-là, maman me fit coucher seul. Elle croyait que père allait revenir. Ni elle, ni moi, ne parvenions à trouver le sommeil. Les yeux grands ouverts, guettant mon père, je fixai la lampe à pétrole, mais, quand le coq chanta, il n'était toujours pas rentré.

Il resta absent deux jours. Maman était inquiète, elle envoya du monde à sa recherche et pria même Frère aîné de s'en mêler. Elle avait abandonné le mah-jong et gardait la maison, se lamentant et regrettant tout haut de s'être querellée avec père. Le matin du

144

troisième jour, il revint, et maman retrouva son sourire et son ton habituel et lui servit du thé et des pâtisseries. Père était, lui aussi, tout sourire. Je vis maman lui remettre un bracelet en or et il eut l'air enchanté. L'après-midi, il nous emmena tous les trois au théâtre.

Je conserve un souvenir très net de cette période et, à plusieurs reprises, je l'ai revécue en rêve. Mes parents passèrent un mois environ dans une entente sans nuages, nous vivions en pleine félicité. Mon père rentrait tôt et ne manquait pas de me rapporter quelque gâterie. Une nuit que nous étions couchés côte à côte, je lui glissai : « Père, maman et toi, ne devez plus jamais vous disputer. Vois comme nous sommes heureux en ce moment. » Il me jura que c'était à jamais terminé.

Mais peu après, lui et maman eurent à nouveau une violente altercation, au sujet, me sembla-t-il, du bracelet en or. Comme toujours maman versait des torrents de larmes mais deux jours plus tard, ils étaient réconciliés. Tous les mois ou tous les deux mois, maman remettait à mon père un objet de valeur, et lui nous conduisait au théâtre et au restaurant ; le mois suivant, cet objet fournissait la matière d'une querelle et c'était ainsi à longueur d'année.

Tout le monde disait que j'étais un enfant précoce. Il est certain que je remarquais tout. Je savais que rien n'était plus indispensable que l'argent, que les gens ne peuvent s'avouer la vérité, que l'égoïsme est le fond de la nature humaine. Parfois, mes parents se disputaient férocement au point d'alerter les voisins qui faisaient irruption pour se moquer de nous mais personne ne nous témoignait la moindre sympathie.

La mésentente de mes parents empira. Après les

scènes, maman pleurait et papa partait dormir ailleurs. Frère aîné et moi, nous avions pris conscience du naufrage de leur union, quelque chose nous échappait cependant : comment, après ces querelles et ces larmes, notre mère pouvait-elle encore paraître ravie de remettre à notre père un objet ou de l'argent, alors qu'elle nous disait souvent qu'il était le plus dépensier des hommes et pourtant, elle récidivait. Elle nous confiait encore que tout cela venait de son héritage maternel et que père s'en servait pour des opérations commerciales car, pour sa part, il avait depuis longtemps dissipé ce qui lui était venu de son propre père.

Au moment de ces opérations, mon père s'épanouissait et se montrait aimable envers maman, sinon, il restait muet, arborait un visage de marbre, désertait la maison où il ne paraissait qu'à une ou deux reprises en une dizaine de jours.

Un jour, il m'emmena faire des courses au lieu de rentrer chez nous et il me conduisit chez une ravissante jeune femme qui habitait une petite maison particulière. Je n'ai pas oublié son visage en amande abondamment fardé. Elle nous appela : « Troisième maître » et « Jeune monsieur » et mon père lui donna du « cinquième fille », puis elle me pria de lui dire « Tante », tout cela avait un tour très familier. Nous restâmes longtemps assis. Cette jeune femme paraissait intime avec mon père et ils tinrent à voix basse une longue conversation. Je n'ai pas fait attention à leur propos, elle, je la suivais mal. Pendant ce temps, elle m'avait donné des bandes dessinées et offert des sucreries et des gâteaux. Assis sur un petit tabouret, je lisais dans mon coin. Nous prîmes notre dîner avec elle. Sur le chemin du retour, père me recommanda de ne pas mentionner « Tante » devant maman. Il me demanda aussi comment je trouvais la jeune femme. « Très belle », répondis-je. Il eut l'air enchanté. A la maison, maman, constatant la belle humeur de père, me posa négligemment quelques questions, puis ne s'occupa plus de moi. Mon frère, plus méfiant, m'entraîna dans le jardin pour me confesser, il perdit son temps. Il se mit en colère, m'insulta puis abandonna la partie. Ce jour-là, mon père se montra très affectueux : quand nous fûmes couchés, il me raconta une histoire, me félicita pour ma sagesse et m'encouragea à me montrer bon écolier car je suivais déjà l'école primaire.

L'année suivante, un matin où elle rangeait les vêtements de père, maman découvrit le pot aux roses dans une poche, sous la forme d'une photographie de « Tante » et d'une lettre. Père venait de se lever, maman l'assaillit de questions. Père y répondit tout de travers et maman en déduisit que ses bijoux, au lieu d'être utilisés à des fins commerciales, avaient servi à entretenir sa rivale. Leur querelle prit de l'ampleur et, bientôt, s'envenima. Père balaya la table de la vaisselle et des mets. Maman, échevelée, pleurait tout haut. Je ne les avais jamais vus si violents l'un envers l'autre. Puis maman se mit à crier qu'elle voulait mourir. Frère aîné partit chercher les frères de mon père et leurs femmes. Mes tantes réconfortèrent maman, tandis que mes oncles reprochèrent sa conduite à mon père. Cela n'alla pas plus loin. Père pria maman de lui pardonner et il promit de cesser ses visites à la petite maison. Il ne sortit pas de toute la journée et le soir, maman était rassérénée.

Cette nuit-là, père et moi dormîmes encore ensemble. Le bruit d'une averse retarda notre sommeil. Dans la lumière crue de la chambre (nous avions l'électricité), je vis, dans les yeux de mon père, briller des larmes. Je m'écriai : « Père, ne te dispute plus avec maman, ça me fait peur. Vous n'arrêtez pas. Que pourrions-nous bien faire Frère aîné et moi ? » Et, tout en parlant, je me mis à pleurer. « Autrefois tu m'avais promis que tout cela était terminé. Une grande personne doit tenir ses engagements. » Père me prit la main et dit avec douceur : « Pardonne-moi, je ne mérite pas d'être ton père et je ne me disputerai plus avec maman. » Je répliquai : « Je ne te crois pas. D'ici deux jours, vous recommencerez et nous, nous aurons honte devant les gens. » Il ne put que soupirer longuement.

Je croyais pourtant qu'ils en avaient fini mais un mois plus tard, je notai à nouveau un changement dans leur attitude: Il ne se produisit aucun éclat, simplement, dès que maman ouvrait la bouche, père quittait la maison et ne rentrait pas de plusieurs jours. A son retour, elle le pressait de questions mais lui répondait évasivement, et se réfugiait dans la bibliothèque sans qu'elle puisse le retenir.

Quand mon oncle Yang-le-premier, le frère aîné de mon père, mourut, ses héritiers menèrent grand tapage pour diviser l'héritage et vendre la maison. Maman était d'accord. Seul père s'opposait à ce projet. Il rappelait que la maison avait été construite d'après un plan dessiné par grand-père lui-même qui avait prescrit que cette maison ne soit jamais cédée à des étrangers mais convertie en temple des ancêtres. Tous les membres de la famille se gaussèrent de père et se liguèrent contre lui. Ses frères allèrent jusqu'à dire qu'il tenait le discours d'un fou.

Je me souviens encore très bien des circonstances qui entourèrent leur réunion. Les Japonais avaient déjà attaqué Shanghai. Dans le salon, mes oncles eurent une altercation avec mon père, deuxième oncle frappait sur la table et quatrième oncle pointait un doigt accusateur dans sa direction. Père, le visage empourpré, bafouillait. Je les observais, dissimulé par la porte. Père déclara : « Si vous voulez vendre la maison, allez-y, mais moi, je refuserai ma signature. Je me suis trop souvent comporté en fils indigne, j'ai monnayé les terres que père m'avait léguées mais je ne consentirai jamais à me séparer de cette demeure. »

S'il s'obstinait dans son refus mes oncles n'avaient aucun moyen de le contraindre car, si personne de notre branche ne signait, la vente était impossible. Maman tenta de le raisonner sans aucun résultat. Je vis alors mon oncle Yang-le-quatrième se pencher à l'oreille de ma mère et lui chuchoter quelque chose, celle-ci partit ensuite chercher mon frère.

Tout juste diplômé, Frère aîné était rentré parmi nous depuis deux mois à peine et il n'avait pas encore présenté l'examen des postes. Il entra dans la pièce et, sans adresser la parole à père, se dirigea vers la table, prit le pinceau et signa. Père, qui ne l'avait pas quitté des yeux, explosa : « C'est à moi de signer. La vente dépend de moi. C'est à moi de diriger les affaires de la troisième branche et je ne crains aucune opposition ! » Deuxième oncle s'empara précipitamment du papier. Manifestement, il était au comble de la joie. Mon oncle Yang-le-quatrième et mon cousin, fils de Yang-le-premier, partageaient sa jubilation. L'un après l'autre, ils s'éclipsèrent. Mon père était dans un tel état de fureur qu'il ne parvenait à exprimer son mépris qu'en

levant les yeux au ciel ; un peu plus tard, il murmura :
« Ce n'est plus mon fils ! »

Il restait seul dans le salon. J'allai vers lui, lui pris la
main et affirmai : « Père, moi je suis ton fils. »

Il baissa son regard vers moi et dit : « Je sais. Ah,
j'ai été l'artisan de mon propre malheur !... Allons jeter
un coup d'œil au jardin puisqu'ils veulent vendre la
maison. »

Et il m'entraîna par la main dans ce jardin qui,
aujourd'hui, a encore le même aspect. Nous appro-
chions, je m'en souviens, de la fête des gâteaux de
lune ; en pleine floraison, les canneliers embaumaient
et leur parfum nous enveloppa dès le seuil. Nous
suivions l'allée quand père s'écria : « Regarde ce
jardin, fixe-le dans ta mémoire car, d'ici peu, il ne nous
appartiendra plus. » Cette perspective me rendit très
malheureux, je demandai : « Père, nous sommes bien
ici. Pourquoi deuxième oncle et les autres veulent-ils
vendre la maison ? Pourquoi sont-ils tous contre toi et
refusent-ils d'écouter ton avis ? » Père baissa la tête
puis, me regardant, répondit : « Pour l'argent, hélas !
Pour l'argent. » Je poursuivis : « Mais alors, nous ne
pourrons plus venir ici ?

— C'est certain, voici pourquoi je te recommande
de te remplir les yeux avec la vision de ce jardin.

— Pourtant, si la vente échoue, nous resterons.

— Tu es vraiment un enfant. As-tu déjà entendu
parler d'une propriété invendable ? »

Il me mena alors vers le camélia. L'arbre n'était pas
dans sa période de floraison mais père voulait me
montrer les caractères qu'il avait lui-même gravés sur
le bois, ce sont ces caractères que je regardais tout à
l'heure. Il y avait alors deux camélias ici, puis la

propriété vous fut vendue à vous les Yao, dit-il en regardant madame Yao, et le camélia blanc mourut, seul survécut celui qui donne toujours des fleurs rouges.

Mon père me montra l'inscription en précisant : « Elle est plus vieille que toi. » Je demandai : « Et que mon frère? » Il reprit : « Si l'on en juge par ses grands airs, ton frère aujourd'hui est un personnage plus important que moi. Je ne me mêle pas de ses affaires mais lui entend régenter les miennes!

— Frère aîné s'est mal conduit à ton égard, assurai-je, moi aussi, je suis fâché contre lui. »

Père me caressa les cheveux et me contempla un instant sans rien dire puis secoua la tête et ajouta : « Je ne lui en veux pas. Il n'a pas tort, je ne suis pas digne d'être son père. » Je m'écriai : « Père, il est ton fils. Il n'aurait pas du se joindre aux autres pour te faire affront.

— Cet affront, je ne l'ai pas volé, reprit mon père, à votre mère comme à vous, je demande de me pardonner. » Je dis précipitamment : « Alors, si tu ne retournes plus chez Tante, si tu restes toute la journée auprès de maman, elle sera folle de joie. Je cours le lui annoncer! » Il posa sa main sur ma bouche. « Ne parle pas de Tante à ta mère. Il est trop tard maintenant. Vois ces caractères sur le camélia, j'avais à peu près ton âge quand je les ai gravés, comment imaginer alors qu'un jour nous les regarderions ensemble? D'ici peu, cette maison et ce jardin appartiendront à d'autres et je serai même dépossédé de ce souvenir. Enfant, retiens bien mes paroles, ne prends pas exemple sur ton père, sur un père qui s'est déconsidéré. » Je protestai : « Mais père, je t'aime! »

Il me regarda en silence, des larmes roulaient sur son visage. Il soupira et posa la main sur mon épaule : « Si, parvenu à l'âge adulte, tu n'éprouves pas de haine à mon endroit, si tu ne me condamnes pas, alors je mourrai heureux. » J'éclatai en sanglots. Père me laissa pleurer tout mon content puis me donna son mouchoir pour me tamponner les yeux. « Ne pleure pas. Sens le parfum des fleurs de canneliers, nous voici déjà à la mi-automne. Au début de notre mariage, ta mère et moi, nous venions souvent dans ce jardin jouir du spectacle de la lune. Il n'y avait pas de plate-bande à cette époque mais un bassin pour les poissons. Après la naissance de ton frère, grand-père jugea ce bassin dangereux pour les nombreux marmots de la maison-née et le fit combler. Ta mère et moi nous aimions tendrement alors, comment aurions-nous pu envisager la situation actuelle ? »

Père m'entraîna ensuite vers la jarre aux poissons rouges. L'eau était très sale, couverte de lentilles, de crevettes d'eau douce et d'insectes. Mon père posa les mains sur le rebord de la jarre et je l'imitai. Il dit : « Lorsque j'étais petit, j'aimais venir nourrir les pois-sons. Tous les jours, après l'école, je courais jusqu'ici et refusais de partir avant l'heure du dîner. En ce temps-là, l'eau était très propre et le sable, au fond, se voyait distinctement. Je m'amusais particulièrement d'un couple de poissons-dragons, ton grand-père, qui les aimait aussi, venait souvent les admirer. Et, plus d'une fois, il se tint ici près de moi. Hier, je me trouvais ici aux côtés de mon père, aujourd'hui, je m'y trouve avec mon fils et j'ai l'impression de vivre un très long rêve. »

Nous retournâmes sous les canneliers et mon père

leva la tête pour regarder les fleurs. Des moineaux qui se chamaillaient dans les branches avaient brisé quelques rameaux. Mon père se pencha pour en ramasser et je m'accroupis pour l'imiter. Des fleurs plein la main, il se dirigea vers le salon, ouvrit la porte et nous nous y assîmes un moment puis nous fîmes de même dans la pièce suivante, père dit alors : « Dans quelques jours, tout cela sera à d'autres. »

Je lui demandai si le jardin avait été conçu comme la maison par son grand-père. « Certes, répondit-il, et il ajouta : il me revient que peu de temps avant sa mort, j'avais rencontré ton grand-père dans son jardin et, alors que nous bavardions, il s'était soudain écrié : « Ah, je n'en ai plus pour bien longtemps. Moi disparu, que deviendront mes propriétés, mon jardin, mes biens seront-ils maintenus ? Je n'ai guère confiance en vous mes héritiers et c'est seulement maintenant que je réalise ceci : léguer des richesses à ses descendants sans auparavant leur avoir inculqué des principes moraux est imprudent. Comme je me suis montré aveugle toutes ces années ! » Et moi, reprit mon père, je comprends seulement aujourd'hui le sens de ce discours, mais bien trop tard. »

Madame Yao passait son mouchoir sur ses yeux. Au cours du récit du jeune Yang, je l'avais souvent regardée et j'avais remarqué ses larmes retenues qui brillaient telles des perles de cristal. A cette vue, l'enfant interloqué s'interrompit puis s'écria avec chaleur : « Madame Yao ! » mais, bien que très ému moi-même, je restai silencieux. Pendant quelques minutes, le calme régna dans la pièce. Un par un, des pleurs roulaient sur la figure du garçon. Madame Yao s'était reprise. Comme tous deux paraissaient dignes de compassion ! Que de souffrances sur cette terre ! Mes descriptions seraient toujours bien au-dessous de la réalité. J'avais conscience de mon impuissance. Je ne pouvais cependant rester insensible au spectacle qu'ils offraient. Je m'en voulais. Le silence ambiant m'accablait et me donnait envie de hurler.

Essuyant son visage d'un revers de main, le garçon se leva brusquement. Voulait-il nous quitter ? Entendait-il nous dissimuler la partie la plus importante de son histoire ? Madame Yao l'arrêta : « Reste avec nous et, je t'en prie, poursuis. »

Il hésita un instant puis après un : « D'accord ! », reprit sa place sur le sofa.

Madame Yao dit, un peu honteuse : « Je viens de céder à un accès de tristesse. » Elle s'essuya délicatement les yeux et reprit : « Les réflexions émises par ton grand-père étaient d'une grande justesse mais je suis très surprise que tu aies pu, malgré ton jeune âge, les retenir. Elles auraient dû, au fil des ans, s'effacer de ta mémoire.

— Je n'oublie rien de ce qui concerne mon père. La nuit quand je n'arrive pas à dormir, je revis les moments passés avec lui et je me répète ses paroles.

— As-tu souvent des insomnies ? lui demandai-je.

— Oui, quand je pense à mon père. J'y pense d'autant plus fort que le sommeil me fuit et alors, je sens bien que nous sommes coupables envers lui. »

Je me récriai : « Comment peux-tu prétendre cela ? Il s'est manifestement mis dans son tort. C'est lui et personne d'autre qui a détruit votre bonheur familial.

154

— Mais par la suite, nous nous sommes montrés trop cruels, rétorqua le garçon, les regrets exprimés par mon père sont sincères, aussi nous devons lui pardonner.

— Il a raison, intervint madame Yao avec émotion, il faut pardonner, à plus forte raison à un membre de sa famille.

— Il y a des limites. Pardonner à celui qui persévère, c'est du laisser-aller », fis-je remarquer en pensant à la famille Zhao.

Madame Yao me lança un coup d'œil mais ne fit aucun commentaire puis elle se tourna vers Petit Yang et le pria de reprendre son récit. « Mais, ajouta-t-elle, seulement si cela ne t'attriste pas trop.

— Au contraire, cela me soulage de raconter notre histoire. J'en parle à quelqu'un pour la première fois. A la maison, les miens me considèrent comme un enfant et me tiennent à l'écart des conversations sérieuses mais j'ai vieilli et il y a beau temps que je ne suis plus un gosse.

— Dans ce cas continue, s'il te plaît, dit madame Yao, elle se leva et ajouta : mais je vais d'abord servir le thé.

— Laissez-moi le faire à votre place », dit précipitamment Petit Yang en sautant sur ses pieds, mais la jeune femme l'avait devancé. Il prit sa tasse avec gratitude et but quelques gorgées.

Sans dire mot, je me levai, allai jusqu'à la porte et revint à mon bureau. Je plaçai ma chaise face au garçon, à quelques pas de distance, puis je m'assis et le regardai avec compassion. Il avait précocement mûri. A son âge, il n'aurait pas dû posséder une telle conscience et une telle mémoire du malheur et de la souffrance d'autrui. Me l'aurait-on demandé que moi-même je n'aurais pas été capable d'exposer avec plus de clarté l'aventure de son père. C'était un enfant dont la sensibilité était déjà fortement affectée par les épreuves qu'il avait traversées.

CHAPITRE XXVII

Petit Yang poursuivit : « Plus d'un mois s'était écoulé et la propriété n'était toujours pas vendue. Nous avions beau nous trouver à l'arrière du front, notre position empirait car les bombardements japonais couvraient tout le territoire et malgré notre relative sécurité, des rumeurs alarmantes ne manquaient pas de circuler. Mes oncles se faisaient du souci, ils craignaient que le domaine ne leur reste sur les bras. C'est alors que Yang-le-deuxième déménagea pour affirmer sa résolution, mon quatrième oncle l'imita et enfin, leur aîné à tous. Dans le même esprit, maman et mon frère louèrent une autre maison. Mon père voulut s'opposer à leur départ et ce fut l'occasion d'une nouvelle querelle. Ils passèrent outre et mon père déclara qu'il resterait pour garder la demeure familiale et effectivement, il y resta seul.

Je lui rendais chaque jour visite après l'école mais ne le trouvais là qu'une fois sur dix. J'en déduisis qu'il allait souvent chez « Tante ». Ensuite, lorsque maman me questionnait, je répondais que j'avais bien vu père et elle ne conçut aucun soupçon.

Enfin la maison vous fut vendue à vous, les Yao. Mes oncles se réjouirent, l'argent fut partagé et la part qui nous revenait fut remise à mon frère. Père entra alors dans une violente colère. Il refusa de venir habiter avec nous et nous déclara qu'il s'installait pour un mois ou deux dans un temple situé à la porte Est de la ville. Maman tenta de le raisonner mais rien n'y fit. Il eut ensuite des mots avec Frère aîné et cela renforça sa résolution. Pourtant, nous lui avions réservé la bibliothèque de notre nouvelle demeure, une maison indépendante, très propre et tout aussi confortable et bien disposée que la précédente. A mon tour, je demandai à mon père de nous rejoindre, lui faisant valoir qu'il serait toujours mieux sous son propre toit plutôt qu'ailleurs, mais en vain. Frère aîné ne croyait pas à cette histoire de temple, il était persuadé que père se faisait dorloter par sa bonne amie qui, ajoutait-il, était une ancienne prostituée, originaire du bas Yangzi.

Deux mois plus tard, mon père n'avait toujours pas emménagé avec nous. Il nous avait fait quelques visites en restant moins d'une heure à chaque fois. Au cours de la dernière, il s'était heurté à Frère aîné et ils avaient eu un violent accrochage. Frère aîné avait sommé père de donner une date pour son retour et comme celui-ci n'avait rien répondu, Frère aîné s'était montré insolent. Père s'était éclipsé sans un mot. Je courus derrière lui mais ne parvins pas à le rattraper. A partir de là, il n'était plus revenu nous voir.

Un mois et même davantage s'était écoulé quand le jour de la fête des lanternes, j'entendis Frère aîné faire part à maman du prochain retour de père. Comment pouvait-il le savoir ? demanda-t-elle. Il nous dit alors que la prostituée s'était enfuie après avoir dérobé à père tous ses objets de valeur et que, s'il se trouvait sans argent, nous le récupérerions forcément. J'étais mortifié de l'irrespect manifesté par mon frère envers un père qui ne nous avait jamais maltraités.

Je ne crus pas un mot de ce conte mais constatai que Frère aîné connaissait le refuge de père. Qui plus est, il avait lui aussi aperçu dans la rue cette « Tante » du bas Yangzi.

Ne pouvant m'adresser à personne d'autre pour avoir des nouvelles de père, j'en demandai à Frère aîné mais il se refusa à m'en donner. Mes questions provoquaient sa colère. A table par contre, il parlait souvent de l'absent et me lâcha ainsi quelques bribes d'informations. J'appris que père cherchait « Tante » partout, sans réussir à la découvrir. Comme je ne possédais pas l'adresse de mon père, je ne pouvais le rencontrer.

Finalement, un beau jour, père fit son apparition. Nous nous trouvions, je m'en souviens, à la fin du deuxième mois du calendrier lunaire. Père semblait relever d'une grave maladie. Sa démarche était mal assurée, son dos s'était voûté, il avait le teint cireux, les yeux cernés et s'était laissé pousser une courte moustache. Il entrecoupait ses paroles de gémissements et de soupirs.

Quand il arriva, je rentrais tout juste de l'école et Frère aîné n'était pas encore là. Debout dans le salon, il n'osait entrer dans la chambre de maman. J'appelai celle-ci qui vint jusqu'au pas de la porte et là, laissa tomber : « Je savais bien que tu reviendrais. » Père baissa la tête. Il tenait à peine sur ses jambes mais maman n'esquissa pas un geste. Je courus à lui, lui avançai une chaise et lui pris la main. « Père, as-tu faim ? » D'un hochement de tête il me signifia que non.

Ma mère quitta la pièce; bientôt notre servante, belle-sœur Luo, apporta de l'eau pour qu'il se rince le visage, du thé et des gâteaux. Silencieux, la tête baissée, mon père ne laissa pas une miette de cette collation et son teint reprit des couleurs.

Je me sentais si malheureux que le seul fait de prononcer le mot de « Père » m'arracha des larmes. « Père, suppliai-je, reviens vivre avec nous et ne retourne plus chez Tante. Vois, tu n'as plus que la peau sur les os. » Il saisit ma main et, sans un mot, se mit à pleurer.

Maman revint, elle demanda à père s'il se sentait fatigué et s'il désirait s'allonger un moment dans sa chambre. Il commença par refuser son offre, mais moi, alarmé par l'état d'épuisement où je le voyais, je l'y conduisis. Lorsque je revins plus tard, je constatai qu'il dormait sur le lit et que maman le veillait d'un fauteuil. Il semblait qu'ils aient eu un entretien, le front penché, ma mère pleurait. Je m'empressai de ressortir, me plaisant à imaginer que cette fois, ils avaient sans doute fait la paix.

Nous attendîmes longtemps mon frère pour nous mettre à table. Je me réjouissais à l'avance de lui apprendre le retour de père. Comment aurais-je pu deviner sa réaction? « Ça, je l'avais toujours prévu, s'écria-t-il avec une expression renfrognée, pour le jour où il n'aurait plus un sou! » Je répliquai hérissé : « Il est ici chez lui pourquoi n'y reviendrait-il pas? » A cela mon frère ne trouva rien à répondre.

Au cours du dîner, Frère aîné se comporta comme si père n'avais pas existé; quand père lui adressait la parole, il restait imperturbable, maman par contre entretint la conversation.

160

Quand Frère aîné eut terminé son bol de riz, il appela la servante pour qu'elle le lui remplisse à nouveau. Il se trouva qu'elle venait de s'absenter. Frère aîné piqua une colère, tapa sur la table, se montra grossier et, la mine sombre, se leva et partit. « Il nous a fait peur, s'écria maman, je ne sais quelle mouche l'a piqué ! »

Père qui avait le nez dans son bol, releva la tête pour dire : « Mon retour en est la cause, je le crains. » Mère baissa la tête sans rien ajouter. Père finit son bol et le posa. « Tu n'as mangé qu'un bol, remarqua maman, ressers-toi. » Père dit à voix basse : « Je suis rassasié », et à son tour, il se leva.

Maman et moi achevâmes également là notre repas. Pendant la soirée, père parla très peu et il se coucha tôt. Comme autrefois, nous dormîmes ensemble dans le grand lit mais mon sommeil fut hanté de songes bizarres. Au milieu de la nuit, j'entendis mon père pleurer à mes côtés. Je l'appelai doucement et compris qu'il s'était éveillé ainsi d'un rêve. Je lui demandai de me le raconter mais il s'y refusa.

Mon père continua à habiter avec nous dans notre nouvelle maison. Les quatre premiers jours, il ne mit pas le pied dehors mais il ne se montrait pas non plus très bavard et, lorsqu'il croisait mon frère, il baissait la tête sans dire un mot et Frère aîné, lui non plus, ne lui adressait pas la parole.

Le cinquième jour il partit après le petit déjeuner et ne rentra que pour le dîner. « Où avait-il passé la journée ? » s'enquit maman, père répondit qu'il avait rendu visite à un ami. Le lendemain, il agit de la même façon et le surlendemain, nous ne le revîmes qu'au milieu du dîner. Maman l'interrogea sur ses occupa-

161

tions et sur les raisons d'un retour si tardif. Sa réponse fut identique, il avait rendu visite à un ami. Mon frère s'emporta et fulmina : « Tu as rendu visite à un ami ! Tout le monde sait que tu vas retrouver ta maîtresse ! Autrefois, quand nous t'avions demandé de revenir prendre ta place au foyer, tu as invoqué mille prétextes pour échapper à tes devoirs, tu es allé jusqu'à prétendre que tu te reposais dans un temple de la ville. En réalité tu n'es qu'un fieffé menteur ! Seule comptait cette femme. Pour elle, tu nous repoussais, tu nous reniais ! Mais il y a une justice, finalement ta perle rare t'a laissé choir et elle s'est enfuie avec un rival après t'avoir entièrement plumé. Et maintenant que tu es complètement fauché, te voici rentré au bercail dans le sein de ta famille méprisée. Ta belle t'a laissé tomber, à nous de te recueillir et de t'aménager ici un nid douillet. Cela même ne te suffit pas, tu veux encore pouvoir courir dehors. Dans ce cas, je te pose la question suivante avec netteté : quelles sont tes intentions ? Es-tu revenu dans le but d'extorquer encore un peu d'argent à maman pour pouvoir à nouveau installer et entretenir ta concubine ? Eh bien, je te conseille de redescendre sur terre car je ne te laisserai plus te jouer de maman... »

Mon père se laissa tomber sur une chaise près du mur et cacha sa tête dans ses mains. Maman ne put en supporter davantage, les yeux pleins de larmes, elle interrompit Frère aîné : « Tais-toi ! Laisse ton père terminer son repas en paix », mais Frère aîné rétorqua : « Je dois finir car toutes ces années, je me suis retenu de dire ce que j'avais sur le cœur et il faut que cela sorte. Quant à toi, mère, tu es si droite que tu n'imagines même pas qu'il puisse recommencer à te tromper. » Maman s'écria en pleurant : « Mais il est ton père ! »

Impulsivement, je m'élançai vers père et lui saisissant la main, m'écriai à plusieurs reprises : « Père ! » Il retira sa main. Son expression faisait peine à voir.

J'entendis Frère aîné qui poursuivait : « Mon père ? Pour être considéré comme un père, il faut se comporter en père. Quand donc cet homme m'a-t-il traité comme son fils ? »

Mon père se leva, repoussa ma main et se dirigea lentement vers la porte. Maman cria : « Où vas-tu ? Ne dînes-tu pas ? » Il se retourna et répondit : « Il est préférable que je parte. Il n'y a pas le moindre avantage pour vous à ce que je demeure sous votre toit.

— Et où iras-tu ? demanda maman.

— Je ne sais pas encore mais la ville est vaste. J'y trouverai toujours un refuge. » Maman en pleurs courut à lui, suppliant : « Ne t'en va pas. Oublions le passé ! » Mon frère qui était toujours à table intervint : « Mère à quoi bon discuter. Comme si tu ne connaissais pas son caractère ! Il veut partir, alors laisse-le partir ! » Maman reprit, pleurant : « Je ne peux pas. Où irait-il ainsi, tout seul ? » Et elle se tourna vers père : « Cette maison est la tienne, ne la déserte pas. Où seras-tu mieux qu'ici ? » Mon frère furieux disparut dans sa chambre. Je courus à mon père, pris sa main et, en larmes, suppliai : « Père, si tu t'en vas, emmène-toi avec toi. »

Il resta. Il sortait chaque jour mais toujours pendant les absences de Frère aîné. Parfois il nous réclamait une petite somme à maman ou à moi, argent que nous devions demander à Frère aîné envers qui il nous avait recommandé la discrétion et qui, par conséquent, ignorait sa véritable destination. Mon frère pensait sincèrement que père restait à la maison et consacrait son temps à la lecture, aussi lui témoigna-t-il davantage d'égards et n'y eut-il pas de nouvel accrochage entre eux.

Père et moi partagions la même chambre et quand il ne lisait pas, il dormait. Lorsque je rentrais de l'école, il m'aidait à revoir mes leçons.

Maman le traitait avec affabilité. Ce mois-là, nous le vîmes reprendre des couleurs et retrouver son énergie. Un jour, maman me déclara que père allait probablement se corriger.

Un dimanche où Frère aîné et moi nous trouvions à la maison, maman après le déjeuner voulut que nous accompagnions père au cinéma. Frère aîné accepta. A peine avions-nous franchi le seuil qu'un homme se présenta, porteur d'une lettre, demandant si c'était bien là le domicile de Yang-le-troisième. Père prit la lettre, la parcourut et je l'entendis qui disait au porteur : « Je suis au courant. »

Une fois dans la salle de spectacle, toute mon attention fut absorbée par le film. La fin de la projection approchait quand je m'aperçus que mon père avait disparu. Je pensai qu'il avait gagné les toilettes et ne m'en préoccupai pas. Les lumières se rallumèrent, il n'avait toujours pas regagné sa place. Nous le cherchâmes partout mais sans résultat. Je suggérai qu'il avait pu nous précéder à la maison. Frère aîné éclata d'un rire amer : « Crétin va ! Il considère la maison comme une prison. Une fois dehors, il ne se précipiterait pas pour s'y réenfermer. »

Et en effet, nous ne trouvâmes chez nous nulle trace de notre père. Mère s'inquiéta et Frère aîné lui rapporta l'incident de la lettre. Nous nous mîmes à table et maman lui réserva sa part mais père ne revint pas ce soir-là.

Maman et mon frère étaient profondément contrariés. Père fit sa réapparition le lendemain après-midi alors que maman se trouvait seule à la maison, mais il la quitta avant que je ne rentre de l'école. Elle ne me dit rien de la conversation qu'ils avaient pu avoir mais, plus tard, j'appris que père lui avait demandé une petite somme. Il ne revint pas le soir, non plus le lendemain, ni le surlendemain. Maman se faisait du souci et elle demanda à mon frère d'aller aux nouvelles. Mécontent, Frère aîné répondit qu'il n'y avait pas là de quoi s'inquiéter.

Le cinquième jour nous reçûmes une lettre de père. Il nous informait qu'il s'était rendu à Jiading pour affaires et qu'il y était tombé malade. Il voulait rentrer mais, sans ressources, il priait maman de lui envoyer l'argent du voyage. Maman décida aussitôt de lui adresser cent yuan. Cet après-midi-là, mon professeur ayant demandé un congé, je me trouvais par hasard à la maison, et ce fut moi qu'elle envoya à la poste. Je griffonnai quelques mots sur la lettre pour demander à père de hâter son retour. Le soir, quand mon frère apprit cet envoi de fonds, furieux, il blâma maman et ajouta une foule de méchancetés sur père. Finalement, maman se rallia à l'avis de Frère aîné pour conclure que père avait agi d'une manière déplacée.

Nous ne reçûmes aucun accusé de réception. Père ne rentra pas et nous demeurâmes sans la moindre nouvelle. Maman et Frère aîné ne pouvaient évoquer sans colère son silence et le ressentiment de mon frère à son égard grandissait. De temps en temps, maman se tourmentait, se figurant que père était toujours malade et elle avait formé le projet de lui écrire. Un jour, elle demanda à Frère aîné de rédiger la lettre, non seulement il s'y refusa mais il en conserva une rancœur supplémentaire. Aussi n'en fut-il plus question.

Durant plus de trois mois, le sort de père nous demeura inconnu et nous avions cessé de parler de lui.

Un jour, pendant les vacances d'été, il pleuvait à verse, je révisais mes cours à la maison quand, soudain, mon père fut là. Il était trempé des pieds à la tête et n'avait même pas sur lui de quoi régler la course du pousse-pousse qui l'avait amené. Il avait maigri, sa chemise loqueteuse était dégoûtante et toute sa personne dégageait une odeur bizarre. N'osant entrer, il restait sur le seuil, appuyé à un pilier.

Mère fit régler la course. Le visage fermé, elle s'approcha et dit : « Tu daignes enfin regagner ton foyer, je croyais que tu étais mort là-bas. » Peu fier de lui, père évitait de la regarder. Elle poursuivit : « Parfait ! Comme cela tu peux constater que nous nous sommes très bien débrouillés sans toi et que nous n'avons en rien démérité devant tes ancêtres. »

Père eut l'air plus honteux encore. L'eau ruisselait sur ses cheveux et sa figure sans qu'il y prenne garde. Ce spectacle me parut insupportable. Je demandai à maman de le laisser entrer pour qu'il puisse passer des vêtements secs.

Maman changea alors d'attitude. Elle appela aussitôt les domestiques pour qu'ils préparent la table de toilette et les vêtements, puis elle invita père à venir dans le salon. Il semblait avoir perdu l'usage de la parole. Il se lava, s'habilla, se restaura et suivit le conseil de maman l'envoyant se reposer sur son lit.

Lorsque mon frère rentra et apprit la nouvelle, il affiche une vive contrariété. J'entendis maman qui lui recommandait de faire bon accueil à père et lui qui acquiesçait vaguement. Au dîner, quand il l'aperçut, il fronça les sourcils, grommela puis détourna la tête. Mon père eut l'air de vouloir lui parler mais il fut incapable de sortir un mot. Au moment où il prit des mains de la servante son second bol de riz, il tremblait à tel point qu'il ne put le saisir et que le bol chuta, se brisa et laissa échapper son contenu. Terrifié, il se précipita pour ramasser les débris. A ses côtés, maman intervint : « Belle-sœur Luo va t'apporter un autre bol. » Mon père, tremblant de plus belle, répondit : « Sûrement pas, ça n'en vaut pas la peine. » Je ne compris pas pourquoi Frère aîné choisit ce moment pour taper sur la table et crier : « Si tu ne veux pas manger, alors disparais ! Nous ne pouvons nous permettre aucun gaspillage. » Mon père alors s'esquiva le plus discrètement possible.

Frère aîné se tourna vers maman : « Voici le résultat de ta faiblesse. Notre maison n'est pas un hôtel où le client peut aller et venir à sa convenance. » — « De toute manière, repartit maman, il est là, accorde-lui quelque répit. » Outré, Frère aîné s'écria : « Rien à faire, il s'est trop mal comporté envers nous pour que je le laisse profiter un jour de plus de notre bien-être. Il faut à tout prix que je lui trouve une occupation. »

Le matin du troisième jour qui suivit le retour de père, Frère aîné lui demanda de venir avec lui en ville. Sans prononcer un mot, père, la tête basse, lui emboîta le pas. Par la suite mère déclara qu'à les voir ainsi dans la rue, on aurait pu les prendre pour le maître et le domestique, remarque qui me blessa.

L'après-midi, Frère aîné rentra le premier puis mon père qui, à sa vue, arbora un air renfermé. Frère aîné essaya de l'interroger pendant le dîner mais père ne répondit que par des grommellements, posa son bol et se réfugia dans sa chambre. Maman demanda à mon frère quelles étaient les occupations de père. « Employé », précisa-t-il. A mon tour, j'allai dans ma chambre et tentai de questionner mon père mais il ne voulut rien me dire.

Quelques jours plus tard, vers seize heures, mon père, à bout de souffle, fit brusquement irruption. Je me trouvai seul à la maison, maman était sortie faire des courses. Je m'étonnai : quelle était la raison de ce retour prématuré ? « Je refuse de continuer ce travail. Je ne supporte pas cette atmosphère ! On m'a décerné le titre d'employé mais en réalité, je ne suis qu'un coursier. Je n'ai pas peur de manger de la vache enragée, mais je refuse de me laisser humilier. » Il transpirait, des gouttes de sueur perlaient sur sa figure et ses vêtements étaient trempés. J'appelai belle-sœur Luo pour qu'elle lui apporte une cuvette et de l'eau. Il se débarbouilla puis s'installa dans le salon pour boire son thé.

Mon frère rentra sur ces entrefaites. Je le vis se rembrunir et craignant qu'il n'explose, j'essayai de détourner son attention par mon bavardage. Il m'ignora et alla droit à père qui se leva comme pour se sauver mais Frère aîné se planta devant lui et, avec une expression réprobatrice, l'apostropha : « Je t'ai présenté pour un travail, pourquoi le lâches-tu après quelques jours ? » Prenant un air coupable, père répondit à voix basse : « Continuer est au-dessus de mes forces, qu'on me trouve un autre emploi. » Mon frère persifla : « Tu veux arrêter ? Mais quelle est ton ambition, devenir directeur de la banque ? Dans ce cas, cherche toi-même mais je ne te laisserai pas vivre à nos crochets. » Père reprit : « Je ne tiens pas à être un parasite mais je ne puis accepter d'être traité en coursier. Le salaire est dérisoire et je ne veux pas faire honte aux miens ! » Frère aîné railla : « Faire honte aux tiens, cette préoccupation te vient tardivement. Qui ne connaît de réputation Yang-le-troisième ? Quel est le montant des sommes que tu as dissipées, compte ! Tu as tout claqué, l'argent qui t'appartenait, celui que grand-père nous a légué et la dot de maman ! »

L'arrivée de notre mère ne l'empêcha pas de poursuivre ses accusations : « Tu as fait la noce, tu as jeté l'argent par les fenêtres, tu t'es bien amusé, tu fréquentais les prostituées, tu jouais ! Notre fortune a filé entre tes doigts comme de l'eau. T'es-tu jamais préoccupé de nos souffrances, du mépris dont on nous accablait ? » L'expression de père faisait pitié, il dit en baissant la voix : « Pourquoi parler du passé ? Mes regrets ne pourront rien changer à ce qui a été. » — « Des regrets, enchaîna Frère aîné, si tu savais seulement ce que c'est, tu n'aurais jamais eu l'impudence de revenir. Autrefois, nous t'avons supplié de rentrer à la maison mais tu as refusé, aujourd'hui, nous nous passons très bien de toi. Va-t'en, tu n'es pas mon père, comment respecter un père comme toi ? »

Mon père changea de couleur et se mit à trembler. Les yeux exorbités, il ne parvenait pas à articuler le moindre mot. Maman pria aussitôt Frère aîné de se taire. J'intervins : « Frère aîné, il est notre père. »

Frère aîné se tourna vers moi et je vis des larmes

briller dans ses yeux. Il dit : « Il n'en est pas digne. S'est-il depuis ma naissance jamais préoccupé de mon sort ? C'est maman et elle seule qui a assuré mon éducation, lui n'a jamais rempli ses devoirs envers moi. Ce foyer n'est pas le sien et moi, je ne suis pas son fils. » Il se tourna vers maman, la prenant à témoin : « A-t-il mérité que je le nomme mon père ? » Maman resta silencieuse, regarda père et se mit à pleurer tandis que lui tentait de lui dérober son visage.

Puis Frère aîné tira une lettre de sa poche et la tendit à maman : « Lis ! Plus d'un passage m'a rempli de honte. » Maman la parcourut, jeta à mon père un « toi ! » et la lui donnant, s'écria : « Vois ce qu'écrit un collègue de ton bureau. »

Mon père devint tout rouge, à son tour il lut la lettre, des frissons le secouaient, en bafouillant, il protesta : « C'est faux, je le jure. La plus grande partie est inventée. Ce sont de pures calomnies ! » — « Dans ce cas, reprit mère, il y a un fond de vérité. Tu m'as si souvent menti que je ne puis encore te faire confiance. Va-t'en ! » Elle le congédia d'un geste et, soudain vieillie, d'une démarche alourdie, se retira dans sa chambre, se tamponnant les yeux avec son mouchoir. Père lui cria : « Je ne suis pas mêlé à ces histoires. La moitié, au moins, sont de fausses accusations. » Mais maman ne l'écoutait plus.

Mon frère, ayant essuyé ses larmes, intervint : « Inutile de biaiser, cette lettre a été écrite par un de mes bons amis qui n'a aucun motif pour chercher à te nuire. Je n'ai pas le temps de discuter maintenant, aussi décide-toi. » Mais père tenta à nouveau de se justifier : « Ce sont des calomnies. Ton ami a une dent contre moi, c'est un filou qui essaie de me faire porter le chapeau à sa place. Il m'a offert de l'argent, et c'est parce que j'ai refusé qu'il me poursuit de son ressentiment... » Mon frère ne le laissa pas achever : « Je ne veux pas écouter tes fables. Toi, refuser de l'argent, qui diable croirait une chose pareille ? Si tu avais été un homme d'honneur, aurions-nous eu à endurer toutes ces années de souffrance ? » et il rejoignit maman dans sa chambre.

Père et moi restâmes tous deux seuls dans le salon. Je me rapprochai de lui, pris sa main et dis : « Père, ne te mets pas en colère, tout à l'heure Frère aîné regrettera ses propos. Allons nous reposer dans notre chambre. »

« Petit », murmura-t-il, des larmes ruisselèrent sur son visage. Après une pause, il reprit : « Il est trop tard pour que j'exprime des remords. Mais toi, ne suis pas mes traces ! »

Nous nous mettions à table quand il commença à pleuvoir. A peine père eut-il pris la parole que Frère aîné le contredit. Père prononça à nouveau quelques mots, Frère aîné jeta alors son bol à terre et, au comble de la rage, fila dans sa chambre. Nous posâmes nos bols sur la table sans oser un commentaire. Soudain père se leva et annonça : « Je pars ! »

Frère aîné l'entendit de sa chambre, il accourut et, pointant son doigt sur père, il s'écria : « Alors, tout de suite, ta seule vue me met hors de moi ! »

Mon père traversa la pièce en silence, puis la cour sous une pluie battante. Maman voulut le rappeler mais Frère aîné l'arrêta : « Inutile, il ne tardera pas à revenir. » Sans m'occuper d'eux, je m'élançai sous l'averse et fus bientôt trempé de la tête aux pieds. De la porte, j'aperçus mon père qui, le dos courbé, avançait

171

dans la rue. Une dizaine de pas nous séparait seulement. L'appelant, je m'élançai pour le rejoindre. Le bruit que faisait la pluie en tombant couvrait le son de ma voix. J'avalais de l'eau. J'étais sur le point de le rattraper lorsque je trébuchai et tombai à plat ventre sur le sol. J'étais couvert de boue, endolori et la tête me tournait. Je me relevai et repris ma course. La pluie faiblissait quand j'atteignis le carrefour et mon père me parut tout proche. Je poussai un grand cri, père tourna la tête dans ma direction, me reconnut et essaya de m'échapper. Je fis un effort désespéré pour le rejoindre. A ce moment, il tomba et ne se releva pas. Je me précipitai pour lui venir en aide. Sa figure, entaillée par une pierre, saignait. Il se remit sur ses pieds avec lenteur et, haletant, demanda : « Pourquoi me poursuis-tu ?

— Père, suppliai-je, rentre avec moi à la maison ! »

Il secoua la tête et soupira : « Je n'ai plus de foyer. Je ne possède plus rien. Je ne puis compter que sur moi.

— Père, rétorquai-je, tu ne peux pas dire cela. Je suis ton fils et Frère aîné l'est aussi. Sans toi, nous n'existerions pas.

— Je suis indigne d'être votre père. Laisse-moi partir. Dis à ton frère qu'il peut désormais vivre rassuré, je ne vous ferai plus jamais honte. »

De toutes mes forces, je m'agrippai à son bras. « Je ne te laisserai pas partir. Je veux que tu rentres avec moi ! » Il recula et me somma de le lâcher mais je ne cédai pas.

Il me donna alors une violente poussée, je tombai et restai à terre, commotionné. La pluie redoublait maintenant de violence. Mes vêtements étaient à tordre. Je me relevai avec lenteur.

Quand j'atteignis le carrefour, mon père avait disparu. Grisaille et crachin m'enveloppaient. Je me sentais faible et endolori. Je serrai les dents et ne sachant plus très bien moi-même où j'en étais, j'avançai d'une démarche mal assurée lorsque je me sentis soudain soutenu. C'était mon frère, parti à ma recherche. Sa présence me rassura et il m'aida à regagner la maison. La nuit, je m'en souviens, n'était pas encore obscure.

Un bain, un rechange et de l'eau sucrée au gingembre m'attendaient. Maman s'occupa de moi jusqu'à ce que je m'endorme. Ni elle, ni Frère aîné ne me posèrent aucune question au sujet de père et d'ailleurs, je n'avais pas la force de parler. Je fus la proie d'une fièvre violente qui fut à l'origine de rêves bizarres. Le lendemain matin, maman fit venir le médecin mais le traitement prescrit ne fit qu'aggraver le mal. Un autre médecin déclara que ce n'étaient pas là les remèdes appropriés à mon cas. Deux mois me furent nécessaires pour recouvrer la santé.

Belle-sœur Luo me dit qu'au plus fort de la crise, alors que maman me veillait, il m'arrivait de crier : « Papa, reviens à la maison avec moi ! » ce qui provoquait ses larmes. Un jour que cela s'était produit, elle avait envoyé Frère aîné à la recherche de mon père. Il avait obéi mais il était rentré seul. Cependant, avait ajouté belle-sœur Luo, lorsque mon état s'était amélioré, tous deux, au cours des repas, avaient recommencé à déblatérer contre père. La servante ne m'avait rien caché. Je me remis enfin. Maman et Frère aîné m'entouraient d'une chaude affection, mais refusaient de s'entretenir de père avec moi. Par eux, je n'en eus pas la moindre nouvelle. Peut-être étaient-ils eux-mêmes, en ce qui les concernait, plongés dans la plus totale ignorance. Il me semblait, en tout cas, qu'ils l'avaient effacé de leurs mémoires.

Quant à moi, jamais je n'eus la chance de le rencontrer dans la rue. J'allai trouver notre ancien portier, Li Laohan et quelques autres, sans jamais obtenir non plus aucune information.

Après la vente de notre propriété, ni mon oncle Yang-le-deuxième, ni Yang-le-quatrième, pas plus que mon cousin, fils de Yang-le-premier, ne nous rendirent visite, ni ne s'enquirent du sort de mon père.

L'année qui suivit, nous n'avions invité personne pour la fête de la mi-automne. Maman elle-même ne sortait plus pour aller jouer au mah-jong ou voir des amis. Les seules personnes qui fréquentaient notre foyer étaient ma tante, la sœur de maman, et ma cousine, la fille de celle-ci. Ce jour-là donc, nous nous trouvions seuls tous les trois mais maman et mon frère étaient d'humeur joyeuse tandis que moi j'évoquais mélancoliquement le souvenir de mon père, menant au loin une vie dont j'ignorais tout.

A peine avions-nous fini de déjeuner que nous entendîmes quelqu'un frapper à la porte et demander la famille Yang. Belle-sœur Luo fit entrer un homme, vêtu d'un uniforme jaune impeccable et qui avait la tête rasée. Il déclara qu'il était porteur d'une lettre pour Yang-le-troisième. De la part de qui, demanda Frère aîné, de la part de la deuxième femme de monsieur Wang, répondit le commissaire.

Frère aîné ouvrit la lettre, la lut et réclama le document. Apprenant que mon frère était le fils aîné

174

de Yang-le-troisième, l'homme lui remit en effet un livret de banque relié de rouge, disant : « C'est un livret de trente mille yuan. Je vous prie de faire signer le reçu par monsieur votre père. »

L'air préoccupé, mon frère feuilleta le livret, s'y prenant à plusieurs reprises, puis le rendit au porteur. « Mon père est absent pour un ou deux mois et nous n'osons prendre en dépôt une somme aussi élevée. Veuillez en informer madame Wang. » L'homme insista mais Frère aîné ne revint pas sur son refus. Il ne restait à cet employé qu'à repartir sans avoir rempli sa mission, mais auparavant il voulut savoir où se trouvait l'absent. « Il s'est rendu à Guiyang et à Guilin », précisa Frère aîné, quel énorme mensonge !

Mère sortit alors de sa chambre et demanda qui envoyait de l'argent. « Sa précieuse amie, qui voudrais-tu que ce soit d'autre ? jeta Frère aîné, elle est devenue la concubine de quelque gros richard. Dans sa lettre, elle écrit n'avoir pu agir autrement à son égard, mais elle le prie de lui accorder son pardon. Elle dit aussi se trouver aujourd'hui dans une meilleure situation et de bien vouloir en conséquence accepter ce dédommagement... » Maman ne put supporter d'en entendre davantage et elle s'écria : « Qui ferait cas de son argent ! Tu as bien fait de le renvoyer, tu as bien fait ! »

Je n'avais pas à donner mon avis mais j'évoquais le visage ovale et fardé de la « Tante » du bas Yangzi et je me persuadais de sa bonté. Elle n'avait toujours pas oublié mon père. Si elle venait à découvrir son refuge, j'étais persuadé qu'elle, au moins, ne l'abandonnerait pas à sa vie errante et misérable.

Je continuai à tout ignorer de père. En septembre

dernier, un après-midi, maman et moi nous rendîmes au cinéma. Après la séance, maman attendit devant la porte tandis que je partais retenir un pousse-pousse. A mon retour, je fus frappé par sa mine défaite, elle paraissait avoir aperçu un fantôme. Je lui demandai si elle se sentait mal. « Non, me répondit-elle, mais as-tu remarqué quelqu'un de connaissance ? » — « Absolument personne. » Elle n'ajouta rien d'autre et nous prîmes place dans le véhicule. Par la suite, elle se retourna à plusieurs reprises pour regarder derrière elle, mais quoi, je l'ignorai.

A la maison, je la questionnai, avait-elle aperçu l'une de nos relations ? Mon frère n'était pas encore rentré. Elle et moi, nous étions seuls. Elle changea de couleur et me dit à voix basse : « J'ai cru voir ton père. » Je m'écriai tout joyeux : « En es-tu bien certaine ? » — « Absolument, c'était lui ou alors son sosie mais maigre et mal habillé. En sortant du cinéma, il a suivi notre pousse-pousse un moment. » — « Pourquoi ne lui as-tu pas crié de revenir ici, chez nous ? » Maman soupira puis se mit à pleurer. Je n'osai plus rien ajouter. Après un temps, elle ajouta tout bas : « A vrai dire, je lui en veux encore un peu. » J'allais répondre quand mon frère entra.

La nuit qui suivit, l'excitation que je ressentais m'empêcha de trouver le sommeil. Je me persuadai que je pourrais retrouver mon père dès le lendemain. Je me levai de très bonne heure et sortis sans déjeuner. Je me rendis chez notre vieux portier, Li Laohan, pour lui raconter que ma mère avait aperçu mon père la veille et lui demander s'il était en mesure de m'aider à le joindre. Le vieux Li me conseilla de me calmer et de mener mes recherches sans hâte intempestive. Je ne tins aucun compte de ses recommandations, séchai mes cours mais trois jours plus tard, je n'étais pas plus avancé qu'au début.

Trois semaines s'écoulèrent. Un soir, nous allions dîner quand le facteur apporta une lettre adressée à maman qui s'écria en pâlissant : « C'est une lettre de votre père ! » Mon frère tendit la main. « Fais voir ! » Maman retira la sienne, disant : « Je te la passerai quand je l'aurai lue. » Et elle ouvrit l'enveloppe.

« Que t'écrit papa ? » demandai-je.

« Il écrit, répondit maman, que sa santé n'est pas fameuse et qu'il voudrait revenir habiter ici. »

D'un geste rapide, mon frère s'empara alors de la lettre, la parcourut puis la plaça au-dessus de la flamme de la lampe. Maman voulut la lui reprendre, il était déjà trop tard. Elle protesta : « Pourquoi as-tu fait cela ? L'adresse pour la réponse était portée derrière l'enveloppe. » Mon frère s'emporta et cria : « Maman, tu ne penses tout de même pas lui écrire pour lui demander de revenir ? Je te préviens que dans ce cas, c'est moi qui partirai. Il faudra qu'il assume les responsabilités d'un chef de famille et que vous vous passiez de mes services. » Maman eut l'air contrariée : « Je n'ai fait que te poser une question, pourquoi ce mouvement de colère ? »

Je ne pus m'empêcher de remarquer : « Mais il faut lui répondre. » Mon frère me regarda fixement : « Eh bien, tu t'en charges. » Comment l'aurais-je pu, puisque l'adresse avait été réduite en cendres.

Quelques semaines plus tard, un soir, alors que la nuit venait de tomber, maman me pria de faire des courses. A mon retour, distinguant devant la porte une silhouette noire, j'enflai la voix pour demander : « Qui

est là ? » — « Moi », répondit-on. « Qui ça moi ? »
L'homme s'avança et dit avec douceur : « Enfant, tu
ne me reconnais plus. »

La vue de mon père me remplit de joie. « Père,
m'écriai-je, je t'ai tant cherché sans jamais te découvrir. » Il me caressa les cheveux et dit : « Tu as
grandi. Ta mère et ton frère se portent-ils bien ? » —
« Très bien et maman a reçu ta lettre. » — « Mais
pourquoi n'a-t-elle pas répondu ? » — « Frère aîné a
brûlé la lettre et nous n'avions plus ton adresse. » —
« Maman la connaissait-elle ? » — « La lettre détruite,
elle ne l'avait pas non plus et tu sais qu'elle écoute
toujours Frère aîné. » Père soupira : « Je m'en doute
depuis longtemps. Donc il n'y a pas le moindre espoir
et je ferai mieux de filer. »

Je le retins par la main et sursautai car elle était
glacée. Il tremblait des pieds à la tête. Je m'écriai :
« Père pourquoi ta main est-elle si froide, es-tu
malade ? » Il secoua la tête. « Mais pas du tout. » Je
tâtai sa manche. Nous nous trouvions au neuvième
mois du calendrier lunaire et il ne portait qu'une
simple tunique sans doublure de soie. « Tu es si peu
couvert. » « Mais non. »

Mû par une soudaine inspiration, je me ruai à
l'intérieur de la maison et décrivis à maman le
dénuement dans lequel se trouvait mon père. Elle prit
dans la garde-robe de mon frère une robe et une
tunique de velours, y ajouta cinq cents yuan et
m'enjoignit de porter le tout à père mais aussi de lui
dire qu'il ne se présente plus ici car si elle-même
changeait par la suite d'avis, Frère aîné, lui, se
montrerait toujours inébranlable.

Je retournai dehors, père m'attendait. Je lui remis

l'argent et il enfila aussitôt les vêtements, par contre je me dispensai de transmettre la commission dont maman m'avait chargé. Nous échangeâmes encore quelques propos puis il parla de partir. Je n'osai pas le retenir mais lui demandai son adresse et affirmai que peu m'importait l'attitude de mon frère car moi, je me considérais toujours comme son fils. Il m'annonça qu'il s'était installé dans le temple du dieu Renard.

Je m'y rendis dès le lendemain matin. Il y logeait effectivement et m'apprit qu'il résidait là depuis presque un mois, mais refusa de m'en dire plus. Je pris l'habitude de ces visites et ne venais pas toujours les mains vides. Naturellement, je pris soin de laisser Frère aîné dans l'ignorance de mon manège ; maman, plus ou moins au courant, me laissait toute liberté. Je lui confiai seulement que je rencontrai père mais sans lui désigner le lieu de sa résidence. Par contre, je m'en ouvris entièrement à notre ancien portier Li Laohan, il habitait le voisinage du temple et pouvait à l'occasion veiller sur père.

Je commençais à ce moment à revenir souvent dans notre ancienne propriété. (Les joues encore luisantes de larmes, le garçon adressa à madame Yao un sourire embarrassé.) Mon père aime les fleurs et il m'entretenait souvent de notre jardin qu'il n'avait jamais oublié et moi, je pensais que, ce jardin nous ayant appartenu autrefois, je pourrais sans inconvénient y pénétrer et y cueillir quelques fleurs.

J'expliquai mon point de vue au portier et il me laissa entrer. La première fois, je ne rencontrai pas âme qui vive. Je pris deux chrysanthèmes dans la plate-bande et les offris à mon père qui parut enchanté. Par la suite, je renouvelai souvent cette expédition, mais là vos domestiques me cherchèrent noise. A deux reprises, je me trouvai en présence de monsieur Yao qui me réprimanda, quant à votre serviteur Zhao Qingyun, il me donna des coups de bâton. Ces ennuis m'ôtaient l'envie de recommencer, mais l'évocation du bonheur de mon père à la vue des fleurs me donnait ensuite la force de tout endurer.

Je ne suis pas un voleur. Je ne crains ni les coups, ni les insultes et suis de taille à les rendre. Vous, madame Yao, je ne vous ai rencontrée qu'une fois, vous ne m'avez pas chassé, bien au contraire, vous m'avez témoigné la bonté d'une mère, d'une sœur aînée, et vous avez même cueilli pour me la remettre une branche de prunier. Jamais personne ne s'était montré aussi aimable à mon égard avant vous deux, madame Yao et monsieur Li.

Mes oncles, mes cousins ne nous témoignent que mépris. Ils ne veulent pas maintenir de relations avec nous de peur qu'à chaque entrevue nous ne leur demandions de l'argent. Papa m'a raconté qu'il avait été, il y a peu de temps, renversé par un pousse-pousse alors qu'il marchait dans la rue sans regarder autour de lui. La figure écorchée, il saignait. Or, il s'agissait justement du pousse-pousse de son frère Yang-le-quatrième. Le tireur, reconnaissant mon père, s'empressa de le relever. A ce moment, mon oncle reconnut lui aussi son frère. Non seulement il ne lui adressa aucun salut mais encore il invectiva son tireur pour que celui-ci reprenne sa course sans plus tarder. En plus mon père reçut par inadvertance le crachat que son frère destinait au trottoir.

Papa m'a encore raconté l'histoire suivante : un après-midi, à la sortie du marché, il se heurta à

« Tante » qui descendait de son pousse-pousse. Elle l'identifia du premier coup d'œil et s'avança vers lui pour lui parler. Mon père resta tout d'abord stupéfait, puis s'entendant donner l'appellation familière de « Troisième maître », il réalisa la situation et s'esquiva aussi rapidement qu'il le put. Par la suite, il ne revit plus jamais « Tante ». Cela se passait deux jours avant la rencontre avec son frère. Lorsque je l'informai de l'envoi d'argent qu'elle lui avait adressé à la maison, il soupira et conclut que seuls les gens comme « Tante » étaient pourvus d'un cœur. »

Epuisé par ce long récit, l'enfant se laissa tomber sur le sofa et se couvrit les yeux de ses mains. Madame Yao et moi l'avions tout ce temps écouté, en retenant notre souffle, les yeux rivés sur son visage. Maintenant cette tension se relâchait. Il me semblait respirer beaucoup plus aisément. J'entendis ma voisine pousser un profond soupir. Elle s'essuyait les yeux mais son expression était beaucoup plus détendue.

« Mon enfant, commença-t-elle avec tendresse, je n'aurais pu imaginer toutes les épreuves que tu as traversées. Personne n'aurait pu se montrer aussi courageux que toi. » L'enfant, toujours à la même place, ne répondit rien. Après un moment madame Yao reprit : « Ton père est-il toujours au temple ? Prie-le alors de venir se joindre à nous. » Cette fois, Petit Yang poussa un gémissement. Je me tournai vers madame Yao et lui glissai : « Son père ne veut pas lui causer de tort aussi s'est-il enfui.

— Peut-on le retrouver ? » demanda-t-elle tout aussi doucement.

« A mon avis, très difficilement. Sans doute a-t-il

déjà quitté la province et d'autant plus difficilement encore que lui-même a décidé de se cacher. »

Le garçon se leva brusquement et dit : « Je rentre chez moi ! »

Madame Yao chercha à le retenir : « Mais non, reste encore un peu. Je vais te servir du thé et des gâteaux.

— Merci, je ne pourrai rien avaler et il faut vraiment que je parte. »

Elle insista : « Tu sembles exténué d'avoir parlé si longtemps. Repose-toi encore.

— Non, cela va bien maintenant. Tout vous raconter m'a soulagé, j'avais gardé tout cela pour moi ces dernières années, ne l'abordant qu'à peine avec notre portier, Li Laohan. Aujourd'hui, j'ai vidé mon cœur. Ma mère m'attend, je dois m'en aller.

— Dans ce cas, dit chaleureusement madame Yao, reviens souvent ici. Considère désormais cette maison comme ton foyer.

— Je reviendrai ! Je reviendrai ! Ici, c'est notre ancienne maison », répondit le garçon, et il disparut par l'ouverture de la porte vitrée.

CHAPITRE XXVIII

Madame Yao avait reconduit le jeune Yang jusqu'à la porte, en répétant avec cordialité : « Reviens nous voir.

— A sa place, je m'en abstiendrais », dis-je sans avoir entendu la réponse du garçon.

« Et pourquoi donc ? » demanda-t-elle en me jetant un regard étonné.

« Il retrouve ici tant de douloureux souvenirs. Moi, si j'étais à sa place, j'éviterais cet endroit », ajoutai-je avec un serrement de cœur.

« Mais, reprit madame Yao hésitante et comme se parlant à elle-même, il doit également retrouver ici nombre de souvenirs heureux. J'ai vraiment envie de lui restituer ce jardin », conclut-elle en s'asseyant à mon bureau.

J'eus un mouvement de surprise, une telle idée lui était-elle réellement venue ? Je remarquai : « Le lui restituer ? Il n'est pas certain qu'il accepte. De plus, votre mari y consentirait-il ?

— Non, sans doute, et pourtant, il n'est pas comme moi, il n'aime pas les fleurs. » Puis elle ajouta : « C'est un gosse épatant !

— Toutes ces épreuves l'ont précocement mûri,

constatai-je, à son âge il aurait dû connaître une vie moins âpre.

« — Le bonheur se fait rare de nos jours, la plupart des gens sont si malheureux. Croyez-vous, monsieur Li, qu'une compensation leur sera finalement accordée ? Durant combien de temps devront-ils encore subir de tels tourments ? » demanda-t-elle, fixant sur moi ses grands yeux et guettant anxieusement ma réponse.

« Qui pourrait le savoir ? » répliquai-je distraitement. Son expression inquiète me tira de ma léthargie, elle espérait de moi autre chose que des lieux communs. Comment la satisfaire ? Mais tout ce que je trouvais pour l'apaiser, fut : « Je le crois, ils obtiendront une compensation car on ne souffre jamais en vain. Quant à la guerre, elle se terminera au plus tard dans un ou deux ans, et par la victoire. »

Un sourire apparut sur ses lèvres. Elle parut fixer un point dans le lointain, que regardait-elle aussi intensément ? Cherchait-elle à apercevoir l'avenir ? Elle murmura : « Je partage votre confiance. Mais la victoire ne sera qu'une étape qu'il faudra dépasser. Quelle est la marge d'action d'une femme telle que moi ? Attendre et seulement attendre, quelles que soient les circonstances, est le rôle qui m'est dévolu. Quelle estime pourriez-vous me porter, monsieur Li ? ajouta-t-elle en m'offrant son regard.

— Mais, repris-je surpris, comment me permettrais-je de vous juger ?

— Je reste à longueur de jour dans cette maison, incapable de rien faire, incapable de prendre soin du foyer de Songshi, mon mari, ni même de l'éducation de Petit Tigre. Je ne suis utile à personne et tout ce que j'entreprends échoue. Pourtant Songshi me chérit et m'accorde une totale confiance. Il ignore mes tourments et je les lui cache en partie.

— Madame Yao, pourquoi vous montrer si exigeante envers vous-même ? Je ne suis pas plus que vous d'une quelconque utilité et je n'ai pas non plus de pouvoir sur le réel, répondis-je avec sympathie, j'aurais voulu la réconforter mais je ne parvenais pas à trouver les mots appropriés.

— Comment pourrait-on nous comparer, monsieur Li. Vous avez composé tant de livres, en cela vous êtes nécessaire », protesta-t-elle avec un sourire.

« A quoi servent de tels livres. Ils sont vides !

— Je m'élève en faux contre cette assertion. Un romancier a écrit, je m'en souviens, que vous, les écrivains, étiez les médecins de l'âme. Moi, du moins, j'utilise vos remèdes. Vous amenez les hommes à plus de tolérance et de compréhension mutuelle. Comme un rayon de soleil les réchauffe un jour de froid, vous consolez les hommes au fond de leur détresse. » L'émotion faisait briller ses yeux, à nouveau elle semblait fixer quelque lointain paysage.

Je fus inondé de joie, j'aurais aimé la croire, néanmoins je poursuivis ma plaidoirie : « Notre seul rôle est de noircir du papier. Nous gaspillons notre jeunesse, le temps d'une partie de nos lecteurs, et nous provoquons l'antipathie des autres. Nous ne parvenons même pas à vivre de notre plume. Moi, par exemple, qui suis trop heureux de recourir à votre hospitalité. »

Madame Yao reprit aussitôt sur un ton de reproche : « Monsieur Li, comment pouvez-vous dire cela ? Vous ne recourez pas à notre hospitalité, bien au contraire, vous êtes un vieil ami de mon mari, et c'est un honneur pour nous de vous accueillir sous notre toit.

— Madame Yao, l'interrompis-je, vous me reprochez mon manque de simplicité, alors puis-je vous prier à mon tour de ne pas vous montrer aussi protocolaire ?

— Mais je suis tout à fait sincère, répondit-elle avec un sourire qui s'estompa peu à peu, je ne cherche pas à vous flatter. Pendant de nombreuses années, vos livres m'ont tenu lieu de maîtres et d'amis. Ma mère est une femme excellente mais d'une autre génération et mon frère aîné est un lettré de la vieille école. Je n'ai pas eu de bons professeurs pendant mes études et, après mon mariage, j'ai perdu de vue mes camarades de classe. Ici, je dispose de vastes loisirs et quand mon mari sort et me laisse seule, la lecture m'aide à combattre le cafard. J'ai lu une foule de romans : des traductions comme des œuvres chinoises, les vôtres et celles d'autres auteurs. J'ai dévoré tout ce qui me tombait sous la main. Les livres m'ont ouvert bien des horizons. Mon ancien univers se réduisait à deux maisons, une école, quelques rues. Maintenant, j'ai conscience de la multitude qui m'entoure, des mystères du cœur humain, du malheur, de la souffrance. Les livres m'ont enseigné la vie. Il m'arrive de m'abandonner à des larmes de joie et, parfois, de manifester ma tristesse par un rire déplacé ; ces larmes, ce rire ôtent le poids qui pèse sur mon cœur. Sympathie, amour, entraide sont maintenant pour moi des mots chargés de sens. Les sentiments d'autrui ne me sont plus étrangers. Gaieté, joie, douleur se partagent un monde rempli de souffrance et d'infortune, mais j'y distingue davantage

186

d'amour encore et cet amour, tel un soleil printanier, me réchauffe le cœur. Votre lectrice est émue et comblée. N'avez-vous pas écrit que vivre était une belle aventure ?

— J'ai écrit que vivre pour servir un idéal était une belle aventure », rectifiai-je.

Elle inclina la tête et poursuivit : « N'est-ce pas à peu près la même chose ? Servir un idéal est un but nécessaire à celui qui désire mener une existence heureuse et de quelque valeur ! Il y a longtemps, j'ai assisté dans une chapelle au sermon prononcé par une femme médecin anglaise qui parlait chinois. Elle avait cité une phrase de la Bible : " Se sacrifier est le bonheur suprême ! " A ce moment-là, je n'en avais pas saisi la signification, mais maintenant, il m'apparaît clairement. Aider son prochain, partager ses biens, faire naître le rire à la place des larmes, nourrir les affamés, réchauffer ceux qui ont froid. La joie visible des pauvres n'est-elle pas la meilleure des récompenses ! J'aime parfois à m'imaginer infirmière me dévouant au service de malheureux malades : soutenir le moral de l'un, servir l'autre, soulager par un remède les maux du troisième et, par des paroles de réconfort, chasser la solitude du quatrième.

— Mais vous ne devez pas vous oublier totalement vous-même !

— Ce n'est pas s'oublier que d'élever son âme. C'est du moins ce que prétend l'auteur d'un roman étranger. Je peux me reconnaître dans les joies et les peines des autres ; j'aimerais tant participer à leur bonheur, à leur vie quotidienne, leurs pensées, leurs souvenirs. »

Aussi brillant qu'un ciel étoilé par une nuit d'automne, un sourire illuminait son visage. Je pensai en l'écoutant : « Qu'elle est belle ! » Puis : « Songshi, son mari, a-t-il sa part dans ce sourire ? » Et enfin : « Et moi, ai-je également une part ? » J'éprouvais une sorte de fierté comme si elle m'avait haussé sur un piédestal. Mon cœur battait à tout rompre, j'étais éperdu de reconnaissance.

Le ciel étoilé s'effaça soudain de ses lèvres et elle reprit tristement : « Mais je ne fais rien. Je suis comme un oiseau en cage qui voudrait voler et en serait incapable. Y penser me paraît maintenant trop audacieux. » A ce moment, comme par inadvertance, son regard se posa sur son ventre arrondi par une future maternité et elle devint très rouge.

Je ne savais comment la réconforter. J'avais trop de choses à lui dire, et peut-être, après tout, était-elle plus lucide que moi. L'écho de ses paroles résonnait encore à mon oreille : « Elever son âme. » Etait-ce grâce à moi qu'elle poursuivait un tel idéal ? Mais ce dont elle avait, sans nul doute, besoin, c'était qu'on lui prouve une sincère sympathie.

Madame Yao tourna son regard vers mon bureau et demanda abruptement : « Monsieur Li, avez-vous terminé votre roman ?

— Pas encore, répondis-je brièvement, ces derniers temps, je n'avançais pas. » Elle avait résolu mes problèmes, je n'avais pas besoin de m'expliquer davantage.

« C'est que vous êtes trop fatigué », dit-elle avec gentillesse.

« A vrai dire, j'ai presque terminé mais ces derniers jours, je n'arrivais pas à me mettre au travail.

— Peut-être étiez-vous tracassé par les ennuis du jeune Yang?

— Sans aucun doute », répondis-je, mais je ne lui avouais pas qu'une de mes raisons était la conduite de Petit Tigre et une autre plus importante encore, son sort à elle.

« Dans ce cas pourquoi ne pas tout bonnement vous reposer? Pourquoi vous tourmenter ainsi? » dit-elle essayant de combattre mon découragement. Puis apercevant mon manuscrit posé sur mon bureau, elle ajouta : « Lire ce que vous avez déjà écrit serait pour moi un honneur.

— Je vous en prie, m'empressai-je, prenez-le maintenant si cela vous fait plaisir. Laissez-moi seulement la dernière partie. »

Elle se leva avec un sourire : « Alors, je l'emporte. »

Je pris le manuscrit et le lui remis. Elle le feuilleta. « Je vous le ramènerai demain.

— Prenez votre temps, rien ne presse », protestai-je avec courtoisie.

Elle prit congé. Debout sur le seuil, je contemplai longuement le jardin silencieux.

CHAPITRE XXIX

Ce soir-là, la pluie se mit à tomber. Elle ruisselait sur le rebord du toit et j'avais l'impression qu'elle pénétrait goutte à goutte dans mon cœur tandis que son chant monotone me devenait peu à peu intolérable. Je contemplais le salon désert sans savoir où me réfugier. Je rapprochai le paravent pour diminuer le grand volume vide de la pièce qui parut rapetisser. Je m'installai confortablement sur le sofa près du lit. La lampe répandait une lumière violet pâle, reflet du paravent. Ce décor était triste et mélancolique mais tout au fond de moi, résonnait un appel joyeux et plein d'entrain. Un visage au lumineux sourire m'apparaissait confusément. « Se sacrifier est le bonheur suprême », me semblait-il entendre dire par une voix familière. Mais la voix se tut et le souriant visage s'effaça. Il ne me resta plus que le bruit lancinant de la pluie et ce décor morose.

Une impression d'insupportable ennui s'empara de moi. Le silence ambiant m'angoissait terriblement. Je me sentais gagné par la migraine et jusqu'au sofa qui me paraissait d'une mollesse excessive. Je me levai, rangeai le paravent et me mis à parcourir cette vaste pièce attendant la venue du sommeil pour gagner mon lit.

Mais peu à peu l'inspiration m'embrasa tout entier. J'allai du pas d'un homme ivre m'asseoir à ma table de travail, j'ouvris la partie du manuscrit que madame Yao n'avait pas emportée et le repris à l'endroit où je l'avais laissé la veille.

J'écrivais de plus en plus rapidement, animé d'un mouvement presque frénétique. La sueur inondait mon front mais je ne m'arrêtais pas, comme sous la menace d'un invisible fouet.

A la fin de mon récit, le vieux tireur de pousse-pousse qui, les jambes brisées, avait été obligé d'abandonner son métier, se laissait entraîner à commettre un vol. Appréhendé, il était conduit devant le juge. Guidée par un petit voisin, l'aveugle vint le voir dans sa prison et lui promit de l'attendre jusqu'à sa libération.

. . . .

« Six mois, c'est vite passé, cela passe à la vitesse du vent ! » se répétait tout joyeux le vieil homme. Il se remémorait le visage aveugle de la femme tourné vers lui et il souriait à travers ses larmes.

. . . .

Je rédigeai jusqu'à deux heures du matin. La pluie tombait toujours mais mon roman était achevé.

Je posai ma plume, mes yeux me faisaient beaucoup souffrir et mes paupières se fermaient malgré moi. J'allai à mon lit d'un pas mal assuré, m'y laissai tomber sans me déshabiller et sans même penser à éteindre la lampe.

Le matin suivant, je fus tiré de mon sommeil par la voix de mon ami Yao : « Comment, s'écria-t-il joyeu-

sement, il est plus de six heures et tu es encore
couché ! »

J'ouvris les yeux, la chambre était inondée de
lumière, aussi les refermai-je aussitôt. Il vint à mon
chevet.

« Debout, debout ! Aujourd'hui, nous allons au
temple de Zhu Geliang [1]. Ma femme nous accompagne. Elle achève de se farder. »

Je rouvris les yeux et, me frottant les paupières, dis :
« Il est encore tôt. A quelle heure devons-nous partir ?

— Tout de suite ! Allons, lève-toi ! Tu as les yeux
gonflés, rien d'étonnant à cela, tu t'es couché tard et tu
as dormi avec ta lampe allumée. Ma femme et moi
venons d'avoir une conversation à ton sujet. Nous nous
inquiétons parce que tu ne prends aucun soin de ta
santé. Tu as une mine affreuse. Tu ne devrais plus
veiller. La vérité est qu'il faudrait que tu convoles,
conclut-il en éclatant de rire.

— J'ai achevé mon roman et je n'aurai plus besoin
de sacrifier mon sommeil. Soyez donc rassurés, vous
n'avez plus à vous préoccuper de mon éventuel
mariage », répliquai-je gaiement.

« Tu atteindras bientôt tes quarante ans, poursuivit
Yao sur le mode plaisant, il serait temps de te soucier
de prendre femme, mais il ajouta aussitôt très sérieusement : alors tu as terminé ton roman ?

— Bien sûr », confirmai-je en me mettant sur mes
pieds.

« Il va falloir que je lise ton œuvre. J'ai oublié de te
raconter qu'hier soir, ma femme a brusquement fondu
en larmes en parcourant les pages que tu lui avais

1. Voir note page 117.

192

confiées. Elle attend la suite, n'imaginant pas que tu terminerais aussi rapidement. Confie-moi le reste de ton manuscrit et je vais le lui porter. Finalement qu'advient-il dans ton récit du vieux tireur de pousse-pousse et de l'aveugle? Passent-ils l'arme à gauche? Tous tes livres, je l'ai remarqué, ont une fin tragique. Je ne suis pas d'accord avec toi sur ce point. Tu commences par traiter de petites gens et de petites histoires, et ensuite tu donnes dans la tragédie. Cela ne correspond pas à mes goûts. Cependant, j'admire ton talent. Je reconnais que mon défaut le plus grave est de critiquer sans rien réaliser moi-même. Je n'ai, hélas, pas tes dons; moi, je ne sais que fanfaronner sans jamais avancer d'un pas.

— Allez, ne te moque pas de moi. Comment parviens-tu à lire ma prose? Je n'aurais jamais cru pouvoir faire pleurer ta femme. Porte-lui la fin de mon manuscrit et qu'elle prenne son temps pour le parcourir.

— D'accord, je le lui remettrai. » Il aperçut Lao Wen qui entrait, chargé de l'eau destinée à ma toilette et conclut : « J'y vais. Je reviendrai après ton petit déjeuner. »

Une demi-heure plus tard, Yao, accompagné de sa femme, arrivait dans le jardin alors que moi-même, je flânais le long de la bordure de fleurs. Je trouvai meilleure mine à madame Yao, peut-être était-ce dû au fard, mais ce jour-là, elle resplendissait de santé. Un sourire lumineux éclairait sa physionomie. Elle portait une robe d'un vert très pâle (presque blanc), imprimée de petites fleurs vert foncé, et une jaquette grise à manches bouffantes.

« Monsieur Li, me dit-elle, pardonnez à mon mari

193

ce réveil brutal. Nous ignorions que vous aviez mis la dernière main à votre roman hier soir. Sans doute avez-vous très peu dormi ?

— Bien assez et de toute façon, je me serais levé », protestai-je poliment.

« Mon vieux Li, c'est là un mensonge de courtoisie. Tu n'as ouvert l'œil qu'après des injonctions répétées de ma part, en réalité, tu dormais comme un bienheureux », reprit Yao en riant.

Pris en flagrant délit d'hypocrite politesse, je dus avoir l'air légèrement gêné. J'aperçus un sourire sur les lèvres de madame Yao puis elle se tourna vers son mari et dit : « Partons, à moins que monsieur Li ne préfère attendre encore un peu.

— Je suis prêt », me hâtai-je de répondre.

Trois véhicules nous attendaient à l'extérieur de la résidence. Celui qui m'était destiné était, comme à l'accoutumée, un pousse-pousse de louage. Mon tireur ne courait pas aussi vite que celui des Yao. Au bout d'un moment, nous les vîmes disparaître au coin d'une rue. Finalement nous les rattrapâmes. J'aperçus l'opulente chevelure de madame Yao qui brillait dans le soleil. Son mari, tout épanoui, se tourna vers elle et lui adressa quelques mots dont l'éloignement me déroba le sens.

Au moment de sortir de la ville, mon pousse-pousse fut à nouveau distancé. Au carrefour, une trentaine de coolies, vêtus de tuniques grossières, me barrèrent le chemin. Passant devant moi, deux par deux, ils transportaient de grosses pierres. Quatre ou cinq militaires en uniforme, le fusil sur l'épaule et le fouet à la main, les encadraient.

Les prisonniers avaient eu le crâne rasé à l'exception

d'une touffe de cheveux. Les loques qui les recouvraient étaient d'une saleté repoussante ; ils n'avaient pas de souliers, même pas de pauvres sandales de paille.

Bien calé dans mon pousse-pousse, je ne leur portais guère attention. Pour moi, ils se ressemblaient tous, même âge, même physionomie aux yeux enfoncés, aux joues creuses, au teint livide, ils avançaient en silence, la tête baissée, le dos voûté et la sueur ruisselait de leur front.

Mon regard se posa par mégarde sur l'un d'entre eux et je ne pus retenir un cri de surprise. Le prisonnier, une palanche sur l'épaule, entendit ce cri et se détourna. Je reconnus alors ce long visage aux traits fins, plus émacié encore qu'autrefois et dont l'aspect négligé et maladif s'était encore accentué. L'homme me jeta un coup d'œil rapide ou brillait une lueur qui s'éteignit aussitôt. Je crus qu'il allait parler, mais comme inhibé, il se contenta de lever une main aux doigts décharnés, toute couverte de pustules. Puis il frotta ses mains purulentes l'une contre l'autre et j'eus alors l'impression de ressentir une démangeaison de tout mon épiderme.

« Avance ! Qu'est-ce que tu fous ! » Cet ordre fut proféré d'une voix rauque tandis qu'un coup de fouet cinglait la figure du malheureux qui poussa une exclamation de douleur. Zébrant sa peau, une marque rouge apparut et du sang coula de l'oreille vers la bouche. Il couvrit précipitamment sa blessure de sa main. Des larmes jaillirent de ses yeux éteints mais il ne chercha pas à les essuyer et, tête basse, avança lentement.

« Yang... », cette syllabe réussit enfin à franchir ma

195

gorge serrée et jusque-là comme obstruée par une pierre. Avec effort, je parvins à articuler : « Monsieur Yang. »

Lui poursuivait sa marche, la tête encore tournée de mon côté. Il me jeta furtivement un dernier regard et, sans un mot d'adieu, s'éloigna. J'eus un instant l'idée de descendre de mon pousse-pousse pour tenter de le retenir mais je n'en fis rien et laissai mon tireur franchir le carrefour.

CHAPITRE XXX

Les Yao m'attendaient devant la porte du temple.
« Comment, remarqua Yao avec jovialité, c'est
maintenant que tu arrives ! Ça fait un bout de temps
que nous t'attendons !

— J'ai rencontré une vieille connaissance », dis-je
simplement. Il ne me demanda pas de qui il s'agissait.

Tandis que je balançais à raconter à madame Yao le
hasard qui m'avait placé face à face avec Yang-le-
troisième, le père de notre jeune protégé, je l'entendis
qui recommandait à son mari : « Tout à l'heure quand
le domestique ira chercher un pousse-pousse pour
monsieur Li, nous lui demanderons de choisir un
tireur plus rapide. »

La tête rasée du prisonnier m'apparut le temps d'un
éclair et je pensai que, sans la providentielle lenteur de
mon tireur, je serais passé à côté de Yang-le-troisième
sans le voir.

Je connaissais maintenant le sort du disparu.
Devais-je en avertir son fils ? Etais-je en mesure de
venir en aide au père ? Et ensuite où l'installer ? Se
réinsérerait-il dans la société ? Ces questions m'avaient
tourmenté pendant le reste du chemin.

Nous atteignîmes le temple. Le paysage qui avait

défilé sous mes yeux ne m'avait pas laissé la moindre impression. Nous pénétrâmes enfin dans une longue et paisible galerie, bordée sur l'un de ses côtés par un mur, et donnant de l'autre sur un étang couvert de lotus. Nous prîmes place autour d'une table située près de la rembarde.

Le soleil n'atteignait pas encore la surface de l'étang de ses rayons, cependant les feuilles vertes des lotus étaient déjà déployées comme autant de minuscules parasols. Tous trois, nous goûtions pleinement l'agréable fraîcheur matinale. Nous étions les seuls clients et le silence du jardin n'était troublé que par le chant des oiseaux qui, de l'autre côté du mur, peuplaient les arbres altiers.

Un torchon à la main, le garçon arriva sans se presser. Nous lui commandâmes du thé et il repartit du même pas nonchalant. Quelques minutes plus tard, il revint avec les gobelets. Une agréable torpeur me gagnait, je m'assoupis.

« Regarde, notre ami pique un somme », s'exclama gaiement Yao. J'entrouvris un œil, il me semblait que sa voix me parvenait de très loin.

« Laisse-le dormir, conseilla madame Yao, il est certainement très fatigué avec tout le travail qu'il a fourni cette nuit.

— Li pourrait facilement écrire dans la journée. Veiller abîme la santé, je le lui ai déjà fait remarquer mais il n'en a pas tenu compte.

— Il est plus facile de réfléchir le soir quand tout est calme. J'ai entendu dire que la plupart des romanciers étrangers travaillent ainsi et souvent même passent des nuits blanches », poursuivit la jeune femme, elle parlait si bas que j'avais peine à la comprendre.

« Maintenant, sa tâche est achevée, aussi devrait-il prendre un peu de repos, et brusquement elle ajouta : il n'a pas besoin de partir tout de suite, j'espère ? »

Leur bavardage m'avait tout à fait réveillé mais, n'osant esquisser un geste, je continuai à simuler le sommeil.

« Partir, s'étonna Yao, mais où irait-il ? A-t-il parlé de départ ?

— Non, mais comme son roman est terminé, il le pourrait. Il nous faut le retenir quelques mois encore. S'il allait ailleurs, il se soucie si peu de sa personne qu'il mènerait la vie la plus inconfortable. Nos serviteurs font l'éloge de son caractère, depuis qu'il habite notre jardin, il ne leur a jamais rien demandé, se contentant de ce qu'ils lui apportaient.

— C'est un trait commun aux grands voyageurs, un trait des plus sympathiques ! »

Madame Yao dit moqueuse : « Mais toi qui as tant voyagé, tu n'est pas du tout comme cela.

— C'est un choix ! Dans notre famille, nous ne sommes pas conformistes, Petit Tigre non plus, il me ressemble ! » répondit Yao avec fatuité. Après une pause, sa femme enchaîna : « Petit Tigre te ressemble, c'est certain, mais il a beaucoup changé ces deux dernières années. A mon avis, si chez sa grand-mère on tolère qu'il fasse ses quatre volontés, nous aurons du mal à bien l'élever par la suite. Je suis sa belle-mère, aussi la famille de sa mère me considère-t-elle d'un mauvais œil et ce n'est pas à moi mais à toi de veiller sur son éducation.

— Je suis d'accord avec toi mais Petit Tigre est le petit-fils de la vieille dame et toute cette famille l'adule. Il m'est impossible d'intervenir dans leurs relations. Mais Petit Tigre est jeune aussi son caractère est-il encore malléable. Dans un ou deux ans, ce problème ne se posera plus.

— Il n'est plus si jeune que ça... et mieux vaut passer le reste sous silence. Chez sa grand-mère, il manque la classe et tout ce qu'il apprend, c'est à jouer à des jeux d'argent et à fréquenter le théâtre. C'est déplorable ! Surtout une année sanctionnée par un examen. Penses-tu que nous devrions l'envoyer chercher ce soir ?

— Il vaut mieux que j'y aille moi-même. Tu connais la vieille dame, on ne peut lui parler raison. Le seul langage qui la touche est celui du solliciteur.

— Notre position à tous deux est difficile mais Petit Tigre est ton fils unique et nous devons être attentif à bien préparer son avenir. »

Affichant un sourire satisfait, Yao répliqua : « Faux ! A l'heure actuelle, Petit Tigre n'est plus mon unique enfant, j'ai aussi...

— Pfui ! Plus bas, je te prie, devant monsieur Li. Moi, je te parle sérieusement et toi, tu ne réponds que par des plaisanteries.

— Je me tais, ironisa Yao, sinon il semblerait que nous ne soyons venu ici que pour nous disputer. Si mon ami Li nous entendait, comme il ne s'inspire que d'insignifiantes histoires de gens sans importance, il pourrait avoir la fâcheuse idée de nous mettre en scène dans un de ses romans.

— Sois tranquille, tu n'as rien d'un personnage sans importance et monsieur Li ne voudrait pas prendre pour héros un aristocrate de ton espèce », railla-t-elle.

Je n'y tins plus, toussai et ouvris les yeux.

« Monsieur Li, avez-vous bien dormi ? Est-ce nous qui vous avons réveillé ? » demanda madame Yao avec gentillesse.

Je me hâtai de la rassurer.

« Nous parlions justement de toi, mais heureusement pour n'en dire que du bien », ajouta Yao.

« Je veux bien le croire, vous ne seriez pas venus visiter un temple pour y médire de moi », répondis-je en souriant.

« Li, cela t'amuserait-il d'aller dans la grande salle, jeter les baguettes de bambou et lire ton avenir ? » me demanda Yao.

« Personnellement, je n'en ai pas besoin, mais toi, tu devrais y accompagner ta femme », le taquinai-je.

« Allons-y », dit-il gaiement, il se leva et se plaça derrière la chaise de madame Yao.

« Non, non ! Cela ne m'intéresse pas », affirma-t-elle en secouant la tête avec une expression embarrassée.

« Mais ce n'est qu'un jeu qu'il ne faut pas prendre au sérieux. Allons, viens ! » insista-t-il en l'aidant à se mettre debout.

« Je garde la table en votre absence, dis-je, et j'ajoutai pour venir en aide à mon ami : madame Yao, accompagnez-le puisqu'il semble en avoir tant envie.

— Ce n'est vraiment que pour t'accompagner, précisa-t-elle avec un sourire en se tournant vers Yao, elle poursuivit à mon adresse : restez, je vous prie, c'est l'occasion de faire un bon somme. » Elle prit alors son sac et sortit en s'appuyant sur le bras de son mari.

A quelques tables de la mienne, deux jeunes étudiants parcouraient un livre. Le soleil éclairait peu à peu la surface de l'étang. Des moineaux pépiaient sous les auvents. Nous jouissions d'un calme délicieusement champêtre. J'allais fermer les yeux quand je remarquai des promeneurs qui arrivaient par la galerie. Leur vue dissipa ma torpeur et j'examinai le groupe avec attention : en tête venait Petit Yang (dans son uniforme jaune d'écolier), puis son frère aîné et enfin leur mère, suivie d'une jeune fille.

Les deux dames qui regardaient vers l'étang conversaient et soudain, elles éclatèrent de rire, les garçons, qui marchaient en tête, s'arrêtèrent, et après un échange de propos avec la jeune fille, se joignirent à la joie générale.

Le bruit me parvenait indistinctement. N'étais-je pas en train de rêver ? Ne venais-je pas de rencontrer le mari de cette femme, le père de ces garçons qui, je l'avais vu de mes propres yeux, s'était fait fouetter devant moi ? Et maintenant, ils ne pensaient qu'à se distraire. Il est vrai qu'ils ignoraient tout du sort du malheureux.

Eux (les proches de ce forçat chargé de pierres) appartenaient à un univers différent. Yang-le-troisième conservait-il un souvenir si ténu soit-il du passé, mais à mon sens, l'amour et la haine des jours enfuis tressaient une chaîne qui les reliait à lui. J'avais beau être l'étranger, c'est moi qui en prenais conscience. Je n'avais pas à les juger, mais il m'était insupportable de les entendre rire.

Ils venaient justement dans ma direction et mon cœur se serrait en les voyant se rapprocher. Le frère aîné et la jeune fille quittèrent la galerie par une petite porte. Petit Yang et sa mère poursuivirent vers l'endroit où je me trouvais. Le jeune garçon, qui marchait le premier, m'aperçut de loin et me salua d'un sourire.

Arrivé à la hauteur de ma table, il dit poliment :
« Monsieur Li.

— Tu es venu te promener au temple avec ta
mère ? » lui demandai-je avec gentillesse. Sa douceur,
son expression ouverte dissipaient peu à peu ma
tristesse.

« Oui, et aussi avec mon frère et ma cousine. »
Se détournant, il rejoignit sa mère et lui glissa
quelques mots à voix basse. Elle regarda dans ma
direction. La tenant par le bras, il l'entraîna vers moi
et présenta : « Ma mère. »

Je me levai pour saluer cette dame qui répondit
courtoisement à mon inclinaison et protesta : « Je vous
en prie, restez assis ! » Je n'en fis rien, elle reprit :
« Mon fils me dit que vous l'avez souvent aidé de vos
conseils. Je vous en suis très reconnaissante.

— Madame Yang, c'est trop d'honneur mais votre
fils est un garçon épatant que j'aime beaucoup », dis-je
avec simplicité sous le regard souriant de mon jeune
ami.

— En réalité, il est très indocile », protesta-t-elle
poliment, et se tournant vers son fils, elle dit : « Tu as
entendu, monsieur Li fait ton éloge. A l'avenir, efforce-
toi de lui donner raison, puis elle insista à nouveau,
monsieur Li, asseyez-vous, je vous en prie, je ne veux
pas vous déranger. » Et emmenant son fils qui se
retourna pour un au revoir, elle me quitta sur un
gracieux signe de tête.

Je me réinstallai sur ma chaise, l'image de cette
femme flottait encore devant mes yeux. Elle avait un
visage ovale, aux traits réguliers mais quelconques.
Elle n'était pas vraiment belle mais souvent, au coin de
sa bouche, se dessinait un sourire qui la rendait

ravissante. Elle usait des fards avec discrétion et enroulait son abondante chevelure en un chignon. Elle portait une robe chinoise à manches courtes, de couleur café. On ne lui donnait pas plus d'une trentaine d'années (en réalité, elle devait en avoir dix de plus) et son abord était celui d'une femme aimable et bonne.

Le récit de Petit Yang était-il crédible ? Cette femme avait-elle pu permettre à son fils aîné de chasser son père ? Des doutes m'assaillaient. Je regardai dans leur direction, ils venaient juste de s'asseoir derrière les deux écoliers. La mère souriait affectueusement à son fils, comment imaginer chez elle la moindre cruauté ?

« Li, excellent, nous avons jeté les baguettes de divination. » La voix de Yao détourna mon attention. Rayonnant, il revenait avec sa femme et tous deux ne se trouvaient plus qu'à quelques pas.

« Où est la prédiction que vous avez obtenue ? Donne-la-moi à lire.

— Ma femme était gênée et l'a déchirée », expliqua Yao en riant.

« Cela ne compte pas », dit madame Yao en rougissant.

Je n'insistai pas. A ce moment, revinrent l'aîné des fils Yang et la jeune fille qui l'accompagnait. Je les signalai à l'attention de madame Yao : « Voici le frère aîné de Petit Yang et sa cousine. » Le couple suivit mon regard.

La jeune fille portait une robe rose. Des nattes encadraient son visage rond qui, sans être véritablement joli, était néanmoins agréable à regarder. Elle avait tout au plus dix-huit ans et une expression enfantine était encore répandue sur ses traits. Sans timidité, un sourire radieux sur les lèvres, elle passa rapidement près de nous.

« Quelle ressemblance entre les deux frères ! Mais l'aîné a le teint plus clair et soigne davantage sa mise, me glissa madame Yao à voix basse, il n'a pas l'air méchant. Comment a-t-il pu se comporter aussi durement avec son père ? C'est simplement inimaginable !

— Il ne faut pas se fier aux apparences, intervint Yao, son père en fait s'est montré trop faible et il n'y a rien d'étonnant à ... » Je m'aperçus alors que madame Yao avait raconté toute l'histoire à son mari.

« La cousine a bon genre, on voit tout de suite qu'il s'agit d'une fille honnête, reprit madame Yao, mais où est donc le petit ?

— Avec sa mère, à cette table, répondis-je en indiquant d'un signe l'endroit.

— Oui, je les aperçois, dit-elle avec une légère inclinaison de tête, sa mère semble très douce. » Elle but quelques gorgées de thé et reposa son gobelet puis laissa errer son regard sur la table. Après quelques minutes, elle poursuivit : « Tous ces Yang paraissent des gens charmants et bien élevés et donnent l'impression d'une famille très unie. Comment ont-ils pu se laisser entraîner dans un tel gâchis ? N'y aurait-il pas à la base de toute cette affaire une cause extérieure ?

— Je te l'ai déjà dit, il ne faut pas se fier aux apparences, rétorqua son mari, et ne jamais juger les gens sur leur mine. Si l'on s'en tenait strictement aux apparences, en quoi ce jeune Yang serait-il supérieur à Petit Tigre ? »

Madame Yao se dispensa de répondre et je me réfugiai également dans le silence car j'avais été bien près de décrier Petit Tigre. Me mordant les lèvres, je retins à grand-peine les reproches que j'avais sur le bout de la langue et recommençai à m'intéresser à la table occupée par la famille Yang.

Les sentiments qu'elle m'inspirait se modifiaient rapidement. Je pensai : quel droit ai-je de blâmer leur entrain et leur gaieté ? Pourquoi leur serait-il interdit de se réjouir ? Serais-je moi-même un juge vengeur chargé de leur supprimer tout droit à un reste de bonheur ?

Des rires fusaient par moments à leur table, mais le plaisir qu'ils exprimaient ne me paraissait plus odieux. Pourquoi ne pas m'associer à leur allégresse ? Pourquoi ne pas les en laisser pleinement profiter ? Avais-je oublié cette réalité : dans notre société actuelle, un rire de joie acquiert peu à peu une valeur inestimable ?

Nul ne devina mon état d'esprit car nous parlâmes de tout autre chose, mes amis Yao et moi. En vérité, ce fut surtout Yao qui tint le dé de la conversation tant il aimait à se gargariser des qualités de son fils, mais ses vantardises m'agaçaient.

Vers les onze heures, nous nous rendîmes au restaurant du temple pour déjeuner. Petit Yang s'y rendait aussi et il passa devant notre table. Nous venions de nous lever. Il salua madame Yao puis me prenant par le bras, il me tira à l'écart et, avec une expression rieuse, me chuchota : « Avez-vous eu des nouvelles de mon père ? »

J'hésitai. Je fus sur le point de tout lui révéler mais je me contins. Il me fallait prestement trouver une réponse. Je secouai la tête et, avec l'apparence de la franchise, affirmai : « Aucune. » Ce mensonge me vint naturellement et je n'eus pas l'impression de le berner.

Le garçon sortit du jardin avec nous. Les Yao

marchaient les premiers. Petit Yang ne soufflait mot et je savais qu'il pensait à son père. Il nous accompagna jusqu'à l'entrée du restaurant. Au moment de nous séparer, il me glissa d'un air important : « Monsieur Li, j'oubliais de vous annoncer une heureuse nouvelle, ma cousine va devenir ma belle-sœur. Frère aîné et elle ont célébré leurs fiançailles la semaine dernière. »

Un sourire éclaira sa physionomie puis il me quitta sans même attendre mes félicitations.

Du seuil, je le regardai s'éloigner de la démarche alerte d'un jeune garçon heureux. Les « fiançailles » de son frère le remplissaient manifestement de joie.

J'étais plongé dans mes réflexions lorsque le visage rond de sa cousine se dessina un instant dans ma mémoire : des traits juvéniles où les expériences de la vie n'avaient pas encore imprimé leur marque, des yeux brillants au regard confiant. Je devais me réjouir pour mon jeune ami, n'avait-il pas, lui aussi, droit au bonheur ?

« Mais que fais-tu là ? » me cria Yao. Tiré de mon rêve, je retournai à notre table et mis le ménage au courant de la nouvelle.

« Cette jeune fille fait bonne impression et, à première vue, tous semblent très unis, beaucoup les envieraient », commenta madame Yao rayonnante, et c'est une chance que le frère aîné les ait tous pris à sa charge.

CHAPITRE XXXI

Sur le chemin du retour, je me décidai enfin à raconter à mes amis ma rencontre avec Yang-le-troisième.

Ils furent tout d'abord bouleversés et ensuite décidèrent de le secourir. Yao affirma être en mesure de lui venir en aide, il connaissait l'endroit et même quelqu'un qui y travaillait. Sa femme l'y incitait et je l'appuyais. Rempli d'optimisme, il appela un pousse-pousse et, assurant qu'il tenait l'affaire bien en main, il partit la régler.

Madame Yao et moi discutâmes alors la question. Elle pensait que nous devions nous employer à préparer une vie stable à Yang-le-troisième, je penchais plutôt pour lui proposer, du moins au début, un séjour à l'hôpital. En attendant sa convalescence, disait-elle, Yao pourrait lui procurer un travail dans ses cordes et, plus tard, quand il aurait définitivement renoncé à ses anciens travers, sa famille pourrait à nouveau l'accueillir. Sans nous en rendre compte, nous nagions en plein rêve et nous accordions à l'intervention de Yao une confiance trop aveugle.

Le soir, j'attendis qu'il vienne me communiquer le résultat de sa démarche mais à vingt-deux heures, je ne l'avais toujours pas entendu rentrer. Je ressentais les premières atteintes de la fatigue. Des moustiques volaient autour de moi et, pour la première fois cette année, ils me dérangeaient (je les trouvais exaspérants), une mouche se mit à tournoyer dans la lampe. Je renonçai et partit me réfugier sous ma moustiquaire.

Cette nuit-là, je dormis d'un sommeil sans rêve. Le lendemain matin, personne ne vint m'importuner, aussi m'éveillai-je très tard. Longtemps après mon lever, Lao Wen, le vieux domestique, m'apporta l'eau pour ma toilette.

C'est de sa bouche que j'appris le retour tardif de mon ami Yao et le désaccord qu'il avait eu avec sa femme au sujet de Petit Tigre. Ce matin, le maître était à nouveau sorti en pousse-pousse.

« Madame aurait plutôt raison. Quand Petit Tigre va chez sa grand-mère, il passe ses journées à jouer de l'argent et ses soirées au théâtre. Il ne va plus à l'école et il refuse que nous allions le chercher. Naturellement madame est indignée mais notre maître s'en soucie comme d'une guigne. Deux jours de suite, madame a envoyé chercher Petit Tigre, mais il est resté là-bas. Notre maître a alors déclaré qu'il y allait lui-même mais après avoir conduit madame la grand-mère et Petit Tigre au spectacle, il est rentré seul. Madame a voulu lui poser des questions mais il s'est fâché et elle a pleuré », acheva Lao Wen avec réprobation et il me regarda avec une expression chagrinée et interrogative.

« Comment va madame ? » lui demandai-je préoccupé.

« Elle est probablement encore couchée. Ce matin,

quand notre maître est parti, sa colère semblait tombée. Tout est sans doute rentré dans l'ordre à l'heure qu'il est. C'est du moins ce que belle-sœur Zhou nous a dit. »

Peu après, celle-ci vint faire la vaisselle de mon petit déjeuner. Elle me rapportait mon manuscrit. « De la part de madame avec ses remerciements. »

Madame Yao avait relié mon manuscrit avec du papier glacé blanc, aussi c'est plutôt moi qui aurais eu des remerciements à lui faire. Je le dis à belle-sœur Zhou et lui demandai de les transmettre à sa maîtresse. Je l'interrogeai également sur le désaccord du couple. Elle me répéta à peu près ce que m'avait rapporté Lao Wen avec davantage de détails : le différend qui avait opposé les Yao n'était pas profond et ils s'étaient bientôt réconciliés. Quelques propos plus aimables avaient aussitôt séché les pleurs de madame Yao qui s'était, de son côté, radoucie. Si le maître avait quitté la maison aux aurores, c'était pour de tout autres raisons.

La servante, comme Lao Wen d'ailleurs, ignorait tout de l'histoire des Yang. Elle ne pouvait donc me renseigner sur l'issue des démarches entreprises la veille par mon ami Yao, mais l'absence de ce dernier était probablement liée à cette affaire. Madame Yao ne viendrait sans doute pas au jardin de la journée. Les circonstances étaient telles que je ne pouvais que prendre mon mal en patience en attendant le retour du maître des lieux.

Il était quinze heures lorsqu'il arriva la mine défaite. « Ah, ça ne marche pas, vraiment pas. Il n'y a rien à faire ! » (Je ne l'avais encore jamais vu aussi décontenancé.) Il alla jusqu'au sofa et s'y laissa lourdement tomber.

« Tu as sûrement recueilli des informations au sujet de Yang-le-troisième, dis-je, nous allons réfléchir posément et nous découvrirons bien un procédé.

— Mais c'est que je n'ai rien pu savoir. J'ai trouvé l'endroit où il devrait être détenu mais là, il n'y a pas de nommé Yang et il n'y en a jamais eu. Autrement tout serait déjà réglé. »

C'était déconcertant de le voir ainsi, soucieux et contracté, si différent.

« Peut-être, repris-je pessimiste, les gardiens t'ont-ils volontairement mené en bateau ?

— Impossible, tout à fait impossible, répondit-il en secouant la tête, mon ami m'a accompagné partout, aussi les gardiens ne pouvaient-ils pas m'éconduire avec de faux renseignements. Il resta songeur un moment puis reprit avec un soupir : peut-être leur a-t-il fourni une fausse identité ?

— Probablement, acquiesçai-je, et soudain cela me parut d'une clarté aveuglante, c'est ce qu'il a fait sans aucun doute. Il a choisi un nom d'emprunt pour épargner le déshonneur à sa famille. Dans ce cas, il sera difficile de le repérer, d'autant plus qu'il ne consentira jamais à reconnaître qu'il est bien Yang-le-troisième.

— La situation est délicate », constata Yao adossé au sofa. Il prit une cigarette dans son étui et l'alluma. En l'observant qui faisait des ronds de fumée, il me revint qu'il avait eu un différend avec sa femme. J'avais l'intention de le morigéner quelque peu mais ne savais comment aborder le sujet.

Après une pause, il se redressa et dit : « J'ai une

solution en vue. Décris-moi avec précision Yang-le-troisième. Après-demain, je retourne là-bas. Dès que je l'aurai repéré, et peu importe qu'il nie sa véritable identité, je le fais sortir et on s'explique ensuite. Sinon, c'est toi qui iras et tu n'auras aucune peine à le démasquer. »

L'idée était excellente et je me sentis rasséréné tel le voyageur qui après avoir gravi un sentier escarpé et périlleux en montagne découvre soudain une large route. Je lui décrivis soigneusement le prisonnier et il m'écouta avec une grande attention; chaque mot semblait s'imprimer dans sa mémoire.

Quand nous cessâmes de parler de Yang-le-troisième, nous nous sentîmes tous deux légèrement fatigués et nous demeurâmes un moment silencieux. Soudain Yao se leva, fit quelques pas puis me dit tristement : « Mon vieux Li, hier je me suis disputé avec ma femme. » Puis il reprit sa marche à travers la pièce.

« Et pourquoi donc ? C'est bien la première fois », remarquai-je feignant l'étonnement.

Il se planta devant moi dans une attitude qui dénotait son embarras puis, l'air soucieux, reprit : « C'est au sujet de Petit Tigre. Je suis allé hier chez les Zhao pour le chercher mais sa grand-mère veut le garder encore quelques jours. Ma femme me reproche de laisser à l'enfant la bride sur le cou et c'est la cause de notre opposition. Ensuite, j'ai reconnu le bien-fondé de ses raisons et ça a été terminé. En réalité, Zhaohua s'est méprise, je n'ai pas fait rentrer mon fils à la maison parce que je n'ai pu m'opposer à sa grand-mère. Ces vieilles dames riches ont un caractère extravagant et Petit Tigre est son unique petit-fils. A ton avis, que pouvais-je faire ? »

Il ouvrit les mains, comme pour implorer mon aide. Je ne répondis rien tant je trouvais déplaisante son attitude.

Il retourna s'asseoir sur le sofa et enchaîna : « J'ai passé une mauvaise nuit remuant des pensées qui avivaient mon amertume. Cette dispute était la première qui nous opposait en trois années de vie conjugale, cela deviendra-t-il une habitude ? Hier, c'est moi qui ait commencé. » Il prit à nouveau une cigarette, l'alluma, en tira quelques bouffées.

Je ne pouvais me taire plus longtemps : « Tu as bien mal agi, dis-je, ton devoir est d'empêcher les Zhao de pourrir Petit Tigre. Tu es son père !

— Tu ne peux pas prétendre que les Zhao pourrissent Petit Tigre, ils l'aiment encore plus que moi », prétendit-il avec légèreté sans me laisser terminer. Il jeta sa cigarette sur le sol et l'écrasa du pied.

Je sortis de mes gonds. A mon tour, je me levai et soulignant mes propos par des gestes, me récriai : « Tu prétends qu'ils ne le pourrissent pas ! As-tu seulement pris conscience de l'éducation que reçoit Petit Tigre dans la famille de sa mère : le jeu, le spectacle, l'étalage de la richesse, l'école buisson-nière..., en résumé, il n'y trouve que de mauvais exemples. Rien ne garantit que les Zhao conserveront éternellement leur fortune alors qu'autour d'eux les petites gens crèvent de faim. Ils mènent une vie oisive et, à longueur d'année, accroissent leur patrimoine foncier. Qui peut affirmer que leurs descendants connaîtront la même opulence et seront en mesure de poursuivre une existence similaire : le jeu, l'opéra, bouffer et dormir ? Crois-tu que la nourriture et le sommeil soient de l'argent ? Que l'argent puisse remplacer l'affection d'une famille ? » Je me sentais devenir tout rouge.

« Tais-toi, tais-toi ! intima Yao avec un geste vif de la main, tu n'y es pas du tout. Je n'ai jamais pensé à l'argent. »

Je ne me calmai pas pour autant et m'obstinai : « Je ne crois pas m'être mépris sur ta façon de voir. La dernière fois que je t'ai donné des conseils, tu m'as clairement expliqué que tu avais de la fortune et que, par conséquent, il importait peu que Petit Tigre se livrât au jeu plutôt qu'à l'étude. Mais, si l'on peut perdre au jeu un royaume, à plus forte raison ta demeure et tes quelques dizaines d'hectares ! Nous sommes de vieux amis et c'est pourquoi je me dois de t'ouvrir les yeux. Les Yang ont été autrefois les riches propriétaires de cette maison et où se trouve aujourd'hui Yang-le-troisième ?

— Tais-toi ! » s'écria-t-il encore, répétant son geste. Il ne s'emporta, ni ne se justifia. Il se contenta de rester allongé sur le sofa, comme vidé de toute énergie.

Il ne m'inspirait aucune compassion, aussi poursuivis-je : « Et ta femme, tu y penses ? Comment dans ces conditions peut-elle remplir son rôle de belle-mère ? S'il te fallait dès le début tenir compte de l'humeur des Zhao, tu n'aurais jamais dû te remarier. Puisque tu as pris cette décision, ils doivent s'effacer. Je crains que la destruction de ton propre bonheur ne leur suffise pas, mais qu'ils se servent de toi pour détruire également celui de ta femme. » J'avais vidé mon cœur sans m'inquiéter de ses réactions mais quand je le vis mettre la main devant ses yeux, je m'interrompis.

Le silence s'établit entre nous, puis il retira sa main, fuma une cigarette et me quitta.

Le soir de ce même jour, je venais de terminer mon dîner quand Yao fit irruption dans mon domaine et m'invita à l'accompagner au cinéma. Je savais que sa femme serait de la partie. Je jugeai préférable de ne pas jouer les casse-pieds et de les laisser seuls alors qu'ils venaient de se réconcilier, aussi déclinai-je son offre. Je lui demandai ce qu'ils allaient voir. *Le Fils indigne,* me répondit-il. J'avais vu longtemps auparavant ce film qui, pour eux, allait être une nouveauté. J'en fus ravi car j'espérais que le message transmis par le film se montrerait plus efficace que mes propres avis.

Je les conduisis jusqu'à leurs pousse-pousse. Semblable à elle-même, madame Yao paraissait sereine et elle m'adressa un sourire joyeux. Toute trace de fatigue avait disparu du visage de mon ami qui avait également l'air heureux.

Que désormais leur vie à tous deux s'écoule dans une parfaite harmonie, tel était le souhait que je formulai à leur égard.

CHAPITRE XXXII

Le lendemain, Yao vint me voir avant le déjeuner. Il me fit un éloge enthousiaste du film de la veille. Ce film l'avait touché et il semblait en avoir tiré la leçon. Avec un sourire épanoui, il alla jusqu'à m'assurer du soin qu'il prendrait désormais de l'éducation de son fils.

Je le crus et profitai de sa belle humeur pour lui demander si Petit Tigre avait finalement regagné la résidence.

« Non, pas encore, hier ma femme et moi sommes rentrés trop tard pour envoyer un domestique le rechercher chez sa grand-mère Zhao, mais j'irai moi-même aujourd'hui », répondit-il en riant, très sûr de lui.

Or, ce n'étaient pas là paroles en l'air. Le matin quand le vieux domestique m'apporta l'eau pour ma toilette, il m'annonça que le soir précédent, Petit Tigre était rentré avec son père, et qu'il se trouvait à présent sur les bancs de l'école. Il ajouta que, pour commencer, l'enfant avait refusé de se lever : son père l'avait lui-même tiré du lit et, sentant l'orage prêt d'éclater, le garçon avait préféré céder. Sans récriminer, il était parti en classe dans le pousse-pousse tiré par le vieux Li.

Ces nouvelles me réjouirent. Un poids m'était ôté du cœur. Comme toujours après ma toilette, j'allai faire quelques pas dans le jardin et, peu après le petit déjeuner, je m'attelai à ma tâche.

J'agençai les différentes parties de mon roman. Jamais je n'aurais cru passer autant de temps sur un ouvrage pour lequel j'avais prévu au plus trois semaines de travail. Pour un peu, j'allais perdre la confiance de mon éditeur qui m'avait déjà envoyé deux lettres de rappel. Il me fallait absolument lui expédier mon manuscrit dans les jours à venir.

Le montage s'agençait de lui-même et quand Yao et sa femme firent, au cours de l'après-midi, leur apparition dans le jardin, j'en étais aux quatre cinquièmes.

Ils devaient se rendre chez des amis et leurs pousse-pousse les attendaient. Ils profitaient de l'occasion pour venir s'asseoir un instant avec moi, et peut-être pour me faire constater, *de visu*, leur réconciliation.

La température avait fait un bond cet après-midi-là. Mon ami portait une longue tunique estivale de lin blanc et madame Yao, une robe bleu ciel de lin anglais. Ils paraissaient radieux.

« Je vous remercie, monsieur Li, dit madame Yao à la vue des feuilles étalées devant moi, j'aime la fin telle que vous l'avez remaniée.

— C'est plutôt à moi de vous remercier, répondis-je sur un ton enjoué, car c'est vous qui avez sauvé la vie de mes héros.

— En réalité, intervint Yao, tu devrais intituler ton roman : 'Le Jardin du repos' car c'est l'endroit où tu l'as composé.

— C'est vrai, reconnut madame Yao, monsieur Li pourrait emprunter ce nom pour son titre comme souvenir. Au début, il est question d'une maison de thé où son héroïne a chanté autrefois et chaque jour le tireur de pousse-pousse venait attendre la clientèle à la porte de cet établissement. Il apercevait cette femme lorsqu'elle arrivait et repartait et parfois même, la servait. C'est donc là qu'ils firent connaissance. Par la suite, la chanteuse perdit sa voix et abandonna ce Jardin des Ming, ce serait bien si monsieur Li consentait à changer ce nom en Jardin du repos. »

Elle s'adressait à son mari, mais parlait assez haut pour que je puisse également l'entendre. J'étais profondément heureux de constater sa parfaite connaissance de mon œuvre. Cela me décida à suivre son conseil.

« Bonne idée, appelons cette maison de thé 'Le Jardin du repos'. De toute façon, cela n'incitera personne à venir boire du thé chez nous. Qu'en penses-tu, mon vieux Li ? » s'écria Yao avec enthousiasme.

Je fus d'accord : « Puisque cela ne t'ennuie pas, qui pourrais-je encore redouter ? » Je pris mon stylo et d'un jet, écrivis Jardin du repos sur la couverture de mon manuscrit.

Ils se levèrent pour me quitter. Je les escortai. Derrière la balustrade, sur les tabourets de porcelaine verte, deux pots de jasmin fraîchement éclos avaient été posés. Leur parfum exquis frappa mes narines, je m'immobilisai un instant pour le savourer.

Madame Yao se tourna vers moi : « Monsieur Li, dans deux jours nous serons heureux de vous avoir pour fêter avec nous le 5 mai, la purification par les herbes [1]. »

---

1. Le 5e jour de la 5e lune, des plantes aromatiques sont suspendues aux portes, elles sont destinées à éloigner les épidémies ; on prend également une potion amère pour purifier l'intérieur de son corps. Ce même jour, en souvenir du suicide du poète patriote Qin

J'acceptai avec plaisir.

« Ah, j'oubliais de t'en informer, s'écria Yao, hier j'ai rencontré l'ami qui peut nous aider pour Yang-le-troisième. Nous nous sommes mis d'accord pour reprendre l'affaire dès la fête terminée. Non seulement il s'offre à m'accompagner là-bas, mais encore à aller trouver lui-même le responsable. Nos difficultés sont aux trois quarts résolues.

— Bravo, dis-je en me réjouissant, cette histoire réglée, Yang-le-troisième rétabli et pourvu d'un emploi, nous en informerons sa famille et son plus jeune fils sera au comble du bonheur, néanmoins je crains qu'un certain temps ne soit nécessaire pour parvenir à le débarrasser de ses mauvaises habitudes.

— Peu importe, dès qu'il sera sorti, je me charge de tout, affirma Yao avec suffisance.

— Monsieur Li, me demanda madame Yao, y a-t-il beaucoup de moustiques chez vous ? J'ai ordonné à Lao Wen d'acheter de l'encens pour les éloigner, l'a-t-il fait ?

— Il y a vraiment très peu de moustiques et brûler de l'encens n'est pas nécessaire ; de toute façon, ma fenêtre est grillagée », protestai-je poliment.

« Cela ne suffit pas, reprit madame Yao, l'encens est indispensable. Sans doute le domestique a-t-il oublié, je le lui rappellerai tout à l'heure. »

Nous sortîmes du jardin. Les pousse-pousse étaient stationnés derrière la porte cochère. Nous aperçûmes dans la cour le vieux Lao Wen qui bavardait avec les

Yuan (340-278), est célébrée la fête des bateaux dragons au cours de laquelle des cornets de feuilles emplis de riz sont jetés dans les cours d'eau.

tireurs. Madame Yao l'interrogea au sujet de la commission dont elle l'avait chargé pour ma chambre, il reconnut son oubli et un sourire contrit apparut sur sa figure ridée, mais personne ne lui dit un mot de réprimande.

Je regagnai ma chambre, ressentant un immense soulagement. J'examinai à nouveau le manuscrit que j'avais corrigé dans la matinée et, me ralliant à la suggestion des Yao, je rebaptisai l'enseigne de ma maison de thé : « Jardin du repos ».

Je travaillai jusqu'à la nuit sans ressentir aucune fatigue. Le domestique arriva avec l'encens destiné à chasser les insectes. C'est une odeur qui m'importune mais je ne pouvais l'empêcher d'en ficher un bâton dans le coin de la pièce et ensuite de l'allumer. Je refermai ma porte. Le grillage de la fenêtre barrait la route aux moustiques. Ma chambre était quiète et confortable. J'allumai l'électricité et, à trois heures du matin, j'avais achevé la révision complète de mon manuscrit.

Mon sommeil fut peuplé par les rêves les plus étranges. Je rêvais que j'étais un tireur de pousse-pousse et que je conduisais madame Yao au cinéma... Parvenu au terme de ma course, je constatais qu'une métamorphose avait eu lieu et que mon passager était maintenant Petit Yang ! Le cinéma s'était également transformé en prison. L'enfant et moi y pénétrions au moment où un gardien rendait sa liberté à Yang-le-troisième. Le geôlier nous interpellait : « Je vous remets cet homme mais je ne le connais plus ! » Et aussitôt il disparaissait et la prison, à son tour, se fondait dans les airs. Tous trois, Yang-le-troisième, Petit Yang et moi, nous retrouvions au centre d'une immense cour. Yang-le-troisième était encore chargé de chaînes mais nous n'avions aucun moyen de l'en délivrer. Soudain retentit le signal de l'alerte aérienne, les avions furent aussitôt sur nous et l'explosion des bombes fit entendre son assourdissant vacarme. Je me réveillai alors en sursaut.

Je fis ensuite un autre cauchemar. Je partageais la même cellule que Yang-le-troisième. L'un comme l'autre, nous ignorions les fautes qui nous étaient reprochées. Il me confia que son fils aîné s'efforçait de le secourir. Effectivement, le garçon lui rendit visite ce jour-là, et Yang-le-troisième en parut heureux au-delà de toute expression, mais ensuite, il me confia que son fils lui avait appris qu'il était condamné à mort et, en même temps, lui avait avoué son impuissance à intervenir pour le sauver. Dans ce cas, conclut Yang-le-troisième, puisqu'il n'y avait aucune issue, il préférait mettre lui-même fin à ses jours. A ces mots, il se précipita la tête la première contre un mur et son crâne éclata dans un ruissellement de sang et de cervelle... Je hurlai et me réveillai, baigné de sueur et le cœur battant à tout rompre.

Au dehors, les oiseaux célébraient de leurs premiers chants la naissance du jour.

Je sombrai à nouveau dans un profond sommeil et lorsque j'en émergeai, il était plus de neuf heures.

J'avais perdu toute foi en mon travail. J'hésitai à l'envoyer à mon éditeur, un écrivain respecté, ne risquais-je pas de lui faire gaspiller un temps précieux ? Je consacrai ma journée à une relecture très attentive puis, je mis le manuscrit de côté jusqu'au lendemain de la fête de la purification par les herbes, et là, je repris encore une fois lecture et corrections. Finalement, je me décidai à glisser mon travail dans une enveloppe et à le poster.

A mon retour, j'aperçus stationné devant la porte cochère le pousse-pousse de mon ami Yao. Dès qu'il me vit, il sauta prestement au bas de son véhicule et m'étreignant le bras, s'écria : « J'en reviens et j'ai une nouvelle à t'annoncer !

— Quoi donc ?

— Cela concerne Yang-le-troisième », répondit-il brièvement.

— Où se trouve-t-il ? Va-t-il être prochainement libéré ? » demandai-je sans remarquer le moins du monde son air sombre.

« Il est déjà libéré !

— Déjà ! Et où est-il maintenant ?

— Allons dans ta chambre pour parler », reprit-il soucieux.

Tout en marchant à ses côtés, je pensai : « Se serait-il évadé ? »

Parvenu dans le salon, Yao s'installa à sa place habituelle sur le sofa, j'étais suspendu à ses lèvres.

« Il est mort », annonça-t-il en détachant bien les trois mots.

« Vraiment ! Je n'arrive pas à le croire. Tout cela s'est passé trop vite ! » protestai-je avec chagrin. Cette révélation était si brutale. « Es-tu sûr qu'il s'agit bien de Yang-le-troisième ?

— Aucun doute, hélas, mes sources sont dignes de foi. Souviens-toi, tu m'avais décrit l'homme avec précision. Tous, là-bas, me l'ont dépeint avec exactitude et son signalement collait avec celui que tu m'avais donné. Yang-le-troisième leur avait bien fourni une fausse identité mais c'était lui et personne

222

d'autre. Je me suis enquis de l'accusation qui pesait sur lui : tentative de vol. Ils disaient qu'il était récidiviste et déjà impliqué dans une affaire du même genre. Il avait été arrêté il y a plus d'un mois.

— Mais comment cela s'est-il passé ?

— Il est tombé malade. Un jour, m'ont-ils raconté, il avait été de corvée de pierres avec un groupe de prisonniers mais le lendemain, il a refusé de se joindre à nouveau à eux. Les gardiens l'ont rossé et ensuite, il a prétendu qu'il se sentait mal. Ils l'ont expédié à l'infirmerie. Jusque-là, il n'avait pas grand-chose mais, dans ce milieu malsain, il a contracté le choléra. Personne ne s'est soucié de lui et trois jours plus tard, il a rendu l'âme. Sa dépouille a été roulée dans une natte et on s'en est débarrassé je ne sais où...

— Ils l'ont bien enterré quelque part. Achetons une parcelle de terrain pour lui donner une sépulture et érigeons-lui une stèle. J'ai expédié mon roman à l'éditeur. Il va m'envoyer un peu d'argent et je prendrai la moitié des frais à ma charge. »

Yao secoua la tête. « Personne ne connaît, je le crains, le lieu où repose Yang-le-troisième. J'avais eu la même idée que toi, mais nul n'a pu me renseigner. Qui oserait approcher une victime du choléra ? On s'en débarrasse et on s'empresse de l'oublier. J'ai entendu dire que les cholériques sont jetés dans une fosse situé à l'est de la ville et que, souvent, des chiens sauvages en font curée, ne laissant plus d'eux que quelques ossements. »

Un frisson me secoua. Je m'efforçai de prendre sur moi et, peu à peu, retrouvai mon calme.

« Que l'ancien maître du Jardin du repos ait pu connaître une telle fin, cela paraît à peine croyable ! dit

Yao avec sympathie, ce camélia porte encore son nom gravé dans le bois. » Il soupira.

La mort mettait un point final au récit du jeune Yang. Tout cela était-il réel ? N'étais-je pas en train de rêver ? Quelle différence avec mes cauchemars de la veille ? Le mot que Yang-le-troisième avait laissé à son fils me revint brusquement en mémoire : « Considère-moi comme mort... Laisse-moi achever mes jours en paix. » Ce n'était pas ainsi qu'il avait terminé son existence. Je n'éprouvais aucune sympathie particulière à son égard, néanmoins évoquant l'épisode du temple, je sentis mes yeux s'humecter.

Yao se leva et dit d'une voix altérée : « Je vais mettre ma femme au courant. » Il soupira à nouveau puis quitta la pièce.

Je n'esquissai pas un geste pour le retenir et c'est sans réaction que je le vis s'éloigner. Me laissant aller à la fatigue insurmontable qui me gagnait, je fermai les paupières.

CHAPITRE XXXIII

Pendant plus d'une semaine, je vécus ensuite dans un état second. J'étais tous les après-midi en proie à la fièvre et à des étourdissements. Je digérais mal, je me traînais et ne voulais pas reconnaître que j'étais malade. Parfois, j'allais au cinéma. Je n'avais plus besoin de rester courbé sur mon bureau et, lorsque le temps s'y prêtait, je faisais deux promenades par jour dans le jardin. Je buvais beaucoup d'eau et dormais le plus possible.

Mon ami Yao venait bavarder avec moi chaque jour. Il ignorait tout de mon mauvais état de santé. Je lui avais seulement dit que la rédaction de mon roman m'avait épuisé et que mon moral se ressentait de cette fatigue. Aussi m'avait-il conseillé un repos complet.

Lui, par contre, paraissait en pleine forme. Il semblait avoir effacé de sa mémoire la triste histoire des Yang. Toute la journée, il arborait son perpétuel sourire et l'on entendait souvent retentir son rire chaleureux.

Madame Yao venait elle aussi fréquemment me voir et elle s'asseyait un moment avant de repartir avec son mari. Toujours attentive, elle remarqua ma faiblesse,

225

me conseilla de prendre des remèdes et recommanda aux cuisines de me préparer du bouillon de riz.

Son sourire, tout de sérénité, reflétait sa joie intérieure. J'observais les deux époux, l'amour qu'ils se portaient l'un l'autre restait toujours vivace. Petit Tigre me fit, lui aussi, deux visites dans ma chambre. Il ne m'avait pas regardé en face depuis longtemps. Il me manifestait davantage d'égards et, quand je l'interrogeais, répondait poliment quelques mots. Yao m'avait appris que sa grand-mère Zhao avait été invitée avec ses petits-enfants [1] chez des parents et qu'elle ne serait pas de retour avant une quinzaine de jours. Privé de ses compagnons de fête, Petit Tigre n'avait plus qu'à se résigner à mener la vie d'écolier, à repasser ses leçons et à filer doux devant son père.

Pour l'instant, la famille Yao semblait goûter un certain bonheur, je m'en réjouissais pour eux et dans mon cœur leur souhaitais prospérité et félicité.

Un jour, je dis au vieux Lao Wen que Petit Tigre s'était transformé. Il répliqua sarcastique : « Impossible, monsieur Li, ne vous y fiez pas. Dans quelques jours sa grand-mère sera là et vous le verrez aussitôt redevenir comme auparavant. Mon maître et madame sont indulgents et se laissent berner mais nous, les serviteurs, nous perçons à jour ses singeries. » Je n'étais pas d'accord, je pensais que les domestiques étaient victimes de préjugés trop profondément ancrés en eux.

Mes malaises prirent brusquement fin. Mes accès de fièvre cessèrent et l'appétit me revint. Les Yao m'invi-

1. Les enfants de ses fils qui, selon la coutume, vivent sous le même toit.

tèrent à sortir faire des promenades avec eux. Les voyant de belle humeur, je les accompagnais trois jours consécutifs. Le troisième jour, nous rentrâmes assez tôt. Leurs tireurs étant plus rapides que le mien, ils arrivèrent les premiers à la résidence.

Au moment de tourner à un carrefour, mon tireur entra en collision avec un pousse-pousse qui débouchait en face. Les deux tireurs posèrent à terre leurs brancards et échangèrent des insultes. Prêts d'en venir aux mains, ils se continrent et après s'être envoyé quelques fielleuses insolences, ils reprirent leurs courses. En arrivant chez les Yao, je tombai sur Petit Yang. Assis sur un escabeau dans l'entrée, il devisait avec le portier.

« Ah, vous voilà monsieur Li, dit tout joyeux le garçon en sautant sur ses pieds, je vous ai attendu longtemps et monsieur et madame Yao sont déjà rentrés depuis un bon moment.

— Et toi, depuis quand n'es-tu pas venu ? demandai-je affectueusement, ça va ?

— Je suis venu deux fois sans vous trouver, mais dernièrement j'ai été très occupé », répondit-il avec gentillesse.

« Entre et asseyons-nous. Ce soir, le clair de lune est splendide. »

Me donnant la main, il me suivit et me confia tout heureux : « Monsieur Li, mon frère se marie demain. »

Je tentai de cacher mon désarroi : « Et ce mariage te fait plaisir ?

— Très plaisir, répondit-il, et il m'expliqua : toute la famille est ravie, moi aussi, j'aime bien ma cousine et je l'aimerai davantage encore quand elle sera devenue ma belle-sœur. »

Nous nous trouvions déjà dans la galerie à l'orée du jardin et nous apercevions de l'autre côté de la balustrade, se coulant entre les arbres, les rayons nacrés de la lune. Une écharpe de brume blanche voilait les collines artificielles, partout se confondaient la lumière et l'obscurité.

« Tu n'es encore jamais venu ici le soir ? » lui demandai-je.

« Jamais. »

Nous longeâmes la balustrade puis la contournâmes avant d'arriver chez moi. Le parfum des gardénias parvenait par bouffées jusqu'à nous.

« Je n'entre pas, dit Petit Yang, je vais rester un moment ici puis je m'en irai.

— Tu es pressé ? Ta présence est-elle indispensable pour les préparatifs de la noce ? » demandai-je en riant.

« Je dois me lever tôt demain matin. Il y aura beaucoup d'invités, or nous ne sommes pas nombreux dans la famille et j'ai peur que nous ne soyons débordés. »

Nous descendîmes les marches. Bientôt nous fûmes sous les canneliers. Cernant l'ombre des branches, le clair de lune dessinait une mosaïque sur le corps du garçon. Il leva la tête, un pan de ciel se laissait voir entre deux arbres.

« J'aimerais assister au mariage de ton frère. Y serais-je le bienvenu ? » dis-je, plaisantant à moitié.

« Bien sûr ! s'écria joyeusement Petit Yang, monsieur Li, nous comptons sur vous. » Sans me laisser le temps de le remercier, il enchaîna sur un ton plus grave : « Demain, il y aura foule. Seul, un absent manquera. Si mon père était parmi nous, nous serions alors tous réunis. » Il avait chuchoté cette dernière phrase comme pour lui seul, mais brusquement il se tourna vers moi et demanda à voix haute :

« Monsieur Li, avez-vous eu des nouvelles de mon père ? »

Je ressentis le choc de la surprise mais répondis fermement : « Aucune. » Et j'ajoutai : « Il semble qu'il ait quitté la ville. »

« Je le pense aussi, sans cela depuis tout ce temps, je serais bien parvenu à le retrouver. Le portier Li Laohan n'a rien appris lui non plus. Si mon père se trouvait encore ici, fatalement quelqu'un aurait fini par l'apercevoir. Nous l'avons cherché partout. Il a dû aller travailler dans un autre endroit. Reviendra-t-il un jour ?

— Il reviendra », acquiesçai-je machinalement, et je fis ce mensonge sans en éprouver la moindre honte. Son espoir ne se réaliserait jamais, mais pourquoi aurais-je, moi, anéanti cet espoir ?

« A ce moment-là, nous irons ensemble revoir l'inscription gravée sur le camélia », dit-il comme dans un rêve, et il caressa le tronc de l'arbre, une ombre dissimula son visage me dérobant son expression. Il restait silencieux. Seuls résonnaient les appels des insectes qui se répondaient dans le calme et la solitude du jardin.

Un souffle de vent passa. Les ombres tremblèrent puis se figèrent à nouveau. Des moustiques s'acharnaient sur ma figure.

Brusquement une impression de tristesse m'étreignit et le long et maigre faciès de Yang-le-troisième m'apparut. Je vis luire un éclair passager dans ses yeux, ses lèvres se crisper et je reconnus ses mains couvertes de pustules. Il était tel que lors de notre dernière rencontre, photographié dans ma mémoire. Qu'avait-il voulu me dire ? Pourquoi ne lui avais-je pas donné une chance ? Un ultime réconfort avant sa mort ? Maintenant, il était trop tard !

« Monsieur Li, je m'en vais. D'accord ! » dit Petit Yang d'une voix émue.

« Bien », répondis-je, tiré de mes réflexions. La lune baignait le paysage entier de sa clarté. Seul l'endroit où nous nous trouvions restait plongé dans l'ombre. Je m'efforçai de distinguer Petit Yang à travers l'obscurité et finis par capter son regard.

« Je t'accompagne », dis-je, envahi par une souffrance insidieuse.

Nous suivîmes doucement et sans parler le petit sentier qui serpentait entre les collines artificielles. Lorsque nous parvînmes sous les fenêtres tendues de papier du salon, le garçon s'arrêta brusquement, posa sa main sur une aspérité et dit : « J'ai trébuché ici autrefois et mon front a porté là. La cicatrice se voit encore. »

Je protestai que je ne l'avais jamais remarquée.

« On ne la voit pas et pour cause, elle est là sous mes cheveux ! » Il toucha l'endroit mais je ne distinguai toujours rien.

Nous longeâmes le mur, des magnolias jusqu'aux jarres à poissons rouges. Il posa la main sur le rebord d'une des jarres et me déclara : « Tout cela est plus vieux que moi, mais je n'ai rien oublié. » Au bout de quelques minutes, il se dirigea vers le parterre de fleurs puis nous retournâmes sous les cannéliers.

Je me sentais las et suggérai de rentrer nous asseoir.

Il secoua la tête : « Non, je dois rentrer, merci, monsieur Li.

— Bien, je sais que ta famille t'attend. Je ne te retiendrai pas. Reviens aussi souvent que tu en auras envie.

— Je reviendrai », affirma-t-il avec un accent sincère. Il eut un instant d'hésitation puis poursuivit : « Mais j'ai entendu dire que mon frère a été muté dans une autre ville à un poste de chef de service. J'espère que la nouvelle est fausse sinon toute la famille devra déménager et si mon père revient ici, il ne nous y trouvera plus. » Je sentis frémir dans sa jeune voix une anxiété qui m'empêcha de rien ajouter pendant un moment. Il prit alors congé, me réitérant son invitation pour le lendemain : « Je compte sur vous sans faute, monsieur Li. Le portier Li Laohan vous indiquera notre maison. » Je ne pus qu'acquiescer.

Je regagnai ma chambre, allumai la lumière et aperçus sur mon bureau une lettre recommandée. J'ouvris l'enveloppe. La lettre était de mon éditeur, un confrère plus âgé. Un mandat de quatre cents yuan, avance sur les droits du roman, y était joint.

Il m'écrivait : « Reviens vite. De nombreux amis sont ici qui attendent ton retour. Tous réunis, nous serons à même de nous rendre utiles... »

Il citait quelques noms, deux étaient ceux d'amis que je n'avais pas revus depuis trois ans.

La nuit qui suivit, le sommeil me déserta. Allongé sur mon lit, je me tournai et retournai sans cesse. Devais-je partir ? Mon roman était écrit, Yang-le-troisième était mort, le « malentendu » qui avait divisé le couple Yao, dissipé. Là-bas, mes vieux camarades désiraient que je vienne les rejoindre. Rien ne me retenait plus au Jardin du repos et je ne pouvais continuer à vivre en parasite.

J'annonçai ma décision aux Yao lorsqu'ils vinrent me voir le lendemain. La surprise et la déception se peignirent sur leurs visages. J'aurai dû m'y attendre. L'un après l'autre, ils insistèrent pour que je demeure leur hôte mais je ne me laissai pas ébranler. Ils avaient leurs raisons, j'avais les miennes.

Finalement, nous aboutîmes à un compromis. Ils me laisseraient partir dans une quinzaine si j'acceptais de revenir chez eux l'année prochaine. Je demandai à Yao de se charger dès maintenant de faire prendre mon billet de train.

Ce jour-là, ce fut belle-sœur Zhou qui m'apporta mes repas. Le vieux Lao Wen remplaçait à la loge le portier Li Laohan qui avait demandé un congé pour visiter des parents. J'étais sûr qu'il était allé servir les Yang, ses anciens maîtres, à l'occasion du mariage du fils aîné ; mais quand il rentra, je n'y fis aucune allusion.

CHAPITRE XXXIV

Dix jours s'écoulèrent sans incidents notables. Un mercredi matin, Lao Wen m'apprit que la vieille dame Zhao, la grand-mère de Petit Tigre, était de retour chez elle et que la veille, elle avait envoyé chercher son petit-fils. Qui plus est, elle avait clairement exprimé son intention de le garder quelque temps et avait prié son gendre de ne pas à tout bout de champ envoyer un pousse-pousse pour ramener l'enfant. Ces nouvelles me causèrent un vif déplaisir. Quelle satisfaction pouvait trouver la douairière à semer la perturbation dans le foyer des Yao ?

L'après-midi, Yao vint me voir pour m'annoncer qu'il m'avait réservé une place dans le train du samedi et il me remit également la lettre nécessaire à l'achat de mon billet. Sa femme et lui, me dit-il, me conviaient le vendredi suivant à un repas d'adieu au restaurant. Madame Yao ne se sentait pas très bien pour le moment, quant à lui, il devait se rendre un peu plus tard chez madame Zhao.

Je lui demandai si le garçon allait séjourner long-temps chez la vieille dame. Celle-ci venait tout juste de regagner son domicile, répondit-il, il ne voyait aucun inconvénient à ce que Petit Tigre lui tienne compagnie au cours des vacances d'été : l'école avait fermé ses portes et il n'y avait plus de leçons à réviser. Lui-même, il irait chercher l'enfant le surlendemain pour assister à mon départ. « Il fait très chaud depuis deux jours, conclut-il, voyager en train sera des plus inconfortables. Ne préférerais-tu pas remettre à l'automne ? »

Naturellement, il ne m'était pas possible de suivre son conseil. Il me quitta. Je pensai au caractère excentrique de la douairière Zhao et j'éprouvai une certaine anxiété au sujet du bonheur de madame Yao et des siens. Mais, à l'évidence, mon ami Yao n'était pas tourmenté par le moindre souci de cette sorte.

Je supprimai ma promenade en ville à cause de la température écrasante. Je tirai ma chaise longue de rotin sous la fenêtre, le long de la balustrade. Je m'y installai pour lire et passai ainsi l'après-midi, bercé par le chant monotone des cigales. Vers vingt et une heures, de grosses gouttes s'écrasèrent sur le sol. A l'approche de la nuit, la pluie se mit à tomber à verse et la fraîcheur revint. Au milieu de la nuit, le bruit de l'averse et le roulement du tonnerre me tirèrent du sommeil. Je craignais le pire pour les tuiles du toit et les fleurs du jardin. Cependant, au matin, quand j'ouvris les yeux, ma chambre était inondée de soleil.

L'après-midi suivant, vers seize heures, Yao et moi étions descendus au jardin pour bavarder. Il avait emprunté ma chaise longue et l'avait installée au bas du perron, près des fleurs en pots. Détendu, il écoutait chanter les cigales tout en buvant de l'excellent thé fraîchement infusé du Puits du Dragon.

Ce calme fut brusquement troublé par l'irruption d'un serviteur. L'air épouvanté, il s'écria d'une voix tremblante : « Maître, madame la grand-mère a envoyé quelqu'un vous chercher, Petit Tigre a été emporté par le courant de la rivière ! »

« Quoi ! » s'écria Yao avec effroi. Sa tasse lui échappa des mains et se brisa sur le sol tandis que le thé éclaboussait mes souliers.

« Le jeune maître, dit pathétiquement le serviteur, est parti comme hier avec ses cousins nager hors de la ville. Aujourd'hui la rivière avait grossi. Le jeune maître a été imprudent et l'accident s'est produit. Le courant est si violent qu'on ignore où il a été entraîné. »

Le regard fixe, Yao était devenu très rouge et de la sueur perlait sur son front. Il s'arracha des cheveux puis, d'une voix altérée, nous jeta : « J'y vais ! Je ne repasse pas par la maison. Toi, Qingyun, va dire à madame que je suis sorti pour une affaire et tous deux, ne laissez rien deviner jusqu'à mon retour. »

Le domestique s'inclina et sortit.

Je me levai et, tapotant l'épaule de Yao, lui dis, espérant lui apporter un réconfort : « Ne t'affole pas, peut-être n'est-ce pas si grave...

— Je sais mais je dois assumer mes responsabilités. Je pars. Si tu vois ma femme, laisse-lui tout ignorer », m'interrompit-il préoccupé. Son teint était devenu livide. Il me lança un coup d'œil vague et me quitta sans ajouter un mot.

Je l'accompagnai jusqu'à la porte du jardin. Je le vis s'installer dans son pousse-pousse. Je me répétai intérieurement sa phrase : « Je dois assumer mes responsabilités » tout en éprouvant une impression d'étrangeté. Je ne pouvais douter de sa sincérité et, malgré tout, sa responsabilité dans ce malheur n'était pas niable. Cet accident imprévisible m'avait bouleversé et je ne parvins pas, de toute la journée, à retrouver mon calme.

Quand le vieux Lao Wen vint m'apporter mon souper, je vis, à son expression, qu'il se réjouissait du malheur d'autrui. Il plissa les yeux et me déclara : « Monsieur Li, le Seigneur du Ciel voit clair et agit avec équité. Il traite chacun selon ses mérites. »

Je regardai confusément sa longue figure où les rides créaient l'illusion du rire. Il m'expliqua : « La famille Zhao a toujours voulu du mal à madame et finalement c'est le petit-fils qui est atteint. A qui la faute ? Si notre maître avait écouté madame, rien ne serait arrivé. Madame a supporté leurs méchancetés des années durant mais aujourd'hui elle peut porter la tête haute. »

Peut-être aurais-je apprécié ce point de vue quelques jours plus tard, mais au cœur du drame, il me parut odieux. Je ne voulus pas entamer une discussion et me contentai de remarquer : « Petit Tigre était l'unique fils de votre maître. »

Le vieux domestique baissa la tête et se tut.

Je me mis à table, l'observant de temps à autre. Il se dirigea vers la fenêtre et là, s'essuya furtivement les yeux. Puis il se dirigea vers la porte et stationna un moment sur le seuil.

Au moment de débarrasser, tout en essuyant la table, il me dit d'une voix hachée : « Que le Ciel protège notre jeune maître et fasse qu'il ne lui soit rien arrivé ! » Je crus à la sincérité de ce souhait et répondis pour le réconforter : « Espérons-le. »

En fait, nous savions l'un comme l'autre que tout était joué et que ce qui restait en fait d'espoir était de retrouver le corps de l'enfant.

CHAPITRE XXXV

Cette ultime espérance ne se réalisa pas.

Le lendemain, muni de la lettre de mon ami Yao, je me rendis à la gare. Pour commencer, j'arrivai avant l'ouverture des guichets, ensuite je ne trouvai pas celui qu'il fallait et pour finir, je me trompai d'employé. Quand, après avoir effectué toutes les démarches nécessaires, j'obtins enfin mon billet, il était onze heures et demie, mais moi, j'étais recru de fatigue.

Je me rappelai que non loin de là, le long d'un cours d'eau, se trouvait une maison de thé-restaurant où je pourrais aller me délasser. Elle avait un toit de chaume, des balcons faits de branches entrelacées, une cour entourée de fleurs et des saules se reflétaient dans le ruisseau. On y pénétrait par un petit sentier bordé de buissons, si bien que de l'extérieur, le jardin pouvait paraître abandonné. J'y étais déjà venu une fois. Le mobilier était propre, les clients peu nombreux. En un mot, je m'y étais plu.

Je choisis, proche du balcon, une table sur laquelle un saule projetait son ombre. Le ruisseau coulait tout à côté. Je me régalai de deux bols de pâtes et m'assoupis.

Brusquement, des clameurs m'éveillèrent en sursaut. Que se passait-il ? Je vis seulement un des clients, en proie à une vive excitation, courir vers l'extérieur. Penchés à la balustrade, d'autres clients observaient la rive opposée. Une petite route de terre jaune longeait cette rive et, derrière une rizière, scintillait la rivière. Le ruisseau jouxtant la maison de thé était l'affluent de cette rivière. Une foule de curieux, composée de paysans et d'enfants, s'alignait de la route à la rivière.

« Qu'y a-t-il ? Que regardent-ils ? » demandai-je un instant plus tard au serveur qui passait près de ma table, en lui désignant les clients entassés derrière le balcon.

« Un noyé », répondit-il avec une parfaite indifférence comme s'il se fut agi d'un événement très ordinaire, et suivant des yeux la direction que j'indiquai, il ajouta méprisant : « Que peuvent-ils voir d'ici ? »

Encore un noyé, étais-je voué aux catastrophes ? Devait-on sans cesse me rappeler que la vie n'est que souffrance ?

Une grosse femme, le visage enfoui dans son mouchoir, passa en sanglotant. Une servante âgée et un homme qui semblait être un tireur de pousse-pousse la suivaient. Tous trois venaient de la rivière.

« C'est sa mère », commenta le serveur en désignant la grosse femme. « Tout à l'heure, elle pleurait à fendre l'âme. Elle est veuve et son fils était le seul héritier mâle de sa famille tant paternelle que maternelle.

— Comment est-ce arrivé ? » questionnai-je.

« Il s'est noyé, hier dans l'après-midi et à des kilomètres d'ici. Il n'avait guère plus de dix-huit ans. C'est le résultat d'un pari, oserait-il nager jusqu'à l'autre rive ? Il a relevé le défi. La rivière était grosse, il s'est montré imprudent et au milieu, des tourbillons l'ont emporté. Ensuite, son corps a dérivé jusqu'ici. Une pile du pont l'a retenu mais on ne l'a découvert que ce matin. Sa mère prévenue est aussitôt arrivée pour le pleurer et maintenant, elle doit préparer les funérailles. » Le serveur débitait son monologue sans témoigner ni sympathie, ni compassion, comme s'il s'agissait d'un événement survenu dans des temps très anciens.

Je ne l'interrogeai pas davantage. Epuisé, j'appuyai ma nuque sur le dos de la chaise et fermai les yeux. Je n'avais pas sommeil mais voulais réfléchir à tête reposée à l'histoire de Petit Tigre.

Une demi-heure plus tard, le calme s'était rétabli. Je me levai, payai et quittai l'établissement. A peine avais-je parcouru une distance d'une centaine de pas que j'aperçus le pont dont le serveur m'avait parlé. Quelques personnes s'y trouvaient encore, la curiosité me poussa à les rejoindre.

C'était un pont étroit qui reliait entre elles deux rives paisibles. Sur ma gauche, s'élevait un saule pleureur dont les feuilles effleuraient la surface de l'eau. Tout à côté, en partie sous le pont, flottait sur le dos, le corps nu d'un jeune homme. Sa main gauche était prise dans une corde reliée à une pile du pont, tandis qu'on apercevait son autre main qui surnageait à la hauteur de sa taille. Son beau visage ovale aux traits réguliers était noirâtre. Ses yeux et sa bouche étaient fermés. Il n'avait pas du tout l'air mort mais plutôt de dormir d'un profond sommeil.

Sous l'effet de la surprise, je m'écriai : « On le croirait vivant !

— Au début, c'était encore plus frappant, enchaîna

un paysan à côté de moi, sa figure était toute colorée. C'est quand sa mère est venue le pleurer qu'il est devenu tout noir d'un coup.

— Est-ce possible ? » demandai-je incrédule.

« Je l'ai vu de mes propres yeux, pourquoi est-ce que je raconterais des blagues ! » protesta-t-il en me regardant fixement.

Je contemplai en silence le paisible visage endormi. Peu à peu ma vue se brouilla et il me sembla que le visage de Petit Tigre se substituait à celui-ci. Je faillis pousser un cri de stupéfaction. Je me frottai vigoureusement les yeux et aperçus à nouveau près du pont le jeune noyé inconnu. Etait-ce donc cela la mort, si fulgurante, si évidente, si vraie ?

CHAPITRE XXXVI

En arrivant chez les Yao, j'aperçus le portier Li
Laohan et le vieux domestique Lao Wen en conversation devant l'entrée. Je leur demandai s'il y avait du
nouveau au sujet de Petit Tigre, ils me répondirent que
non, mais que leur maître, accompagné d'un serviteur,
était parti dès l'aube. L'un et l'autre, cependant,
n'étaient pas encore de retour.

Lao Wen me dit encore que sa maîtresse l'avait
chargé de m'informer que finalement notre repas
d'adieu aurait lieu le jour même et à la maison.

« Mais, objectai-je gêné, un tel repas n'est pas
nécessaire. L'accident de Petit Tigre, l'absence de
votre maître et le mauvais état de santé de madame
nous dispensent de toute cérémonie.

— Ce sont les ordres de notre maître qui reviendra
pour assister à ce dîner », ajouta Lao Wen déférent.

« Pourra-t-il revenir à temps ? » remarquai-je malgré moi.

« Il a ordonné de retarder l'heure prévue et de
l'attendre pour qu'il puisse souper avec vous. »

Et en effet Yao fut de retour avant dix-neuf heures.
Il arriva chez moi avec sa femme ; il était vêtu d'une
chemise de coton blanc et d'un pantalon tandis que

madame Yao portait une robe d'été blanche bordée de bleu.

Au centre de la pièce, était dressée la table sur laquelle les flacons d'alcool et les plats étaient déjà disposés. Ils me firent asseoir entre eux à la place d'honneur et Yao remplit d'abord mon verre puis le sien.

Les mets étaient raffinés et appétissants et l'alcool de riz jaune était de premier choix, mais aucun de nous ne ressentait le moindre appétit. La conversation languissait et nos baguettes chômaient. Yao et moi levions souvent nos verres[1], cependant nous buvions du bout des lèvres comme si l'alcool s'était changé en fiel. Une astmosphère de profonde tristesse nous accablait. Parler, manger, tousser, tout ce que nous pouvions faire, eux ou moi, paraissait contraint. Leurs traits portaient les stigmates du chagrin, plus évidents encore chez madame Yao qui tentait de dissimuler sa peine, à cause de son expression tendue, de sa pâleur, de son regard absent. Quant à Yao, pétrifié et livide, ses yeux profondément cernés fixaient le vide. Je ne pouvais me voir moi-même, mais je pensai que je ne devais pas avoir meilleure apparence.

Madame Yao me dit affable : « Monsieur Li, mangez je vous en prie, vous ne vous servez pas de vos baguettes. » Je ne lui retrouvai pas son sourire habituel, celui-ci était emprunt d'amertume.

« Mais si, mais si ! » m'empressai-je de répondre, néanmoins après quelques bouchées, je reposai mes mains sur la table.

« En réalité, dit madame Yao, vous devriez rester

1. La coutume des toasts est très pratiquée en Chine.

plus longtemps parmi nous et attendre pour nous quitter les journées plus fraîches de l'automne. Vous parti, tout ici retombera dans la torpeur et contre toute attente, il a fallu que l'accident de Petit Tigre arrive. » A cette évocation, elle baissa la tête.

Je n'avais pas encore interrogé Yao sur le résultat de ses recherches, non par indifférence mais plutôt par crainte de raviver sa plaie. Je lui jetai un coup d'œil, il buvait. N'y tenant plus, je lui posai cette question : « Qu'est-il arrivé à Petit Tigre ? L'a-t-on retrouvé ? »

Madame Yao leva lentement les yeux vers moi et secoua la tête. « Non, son père est allé sur place mais le courant est si impétueux qu'il est impossible de savoir où il a été entraîné. En ce moment, des gens longent la rivière à sa recherche. Cette nuit, mon mari n'a pu fermer l'œil... » Elle s'interrompit, les yeux pleins de larmes, et inclina le front.

« Peut-être a-t-il été secouru ? » dis-je pour les réconforter, mais moi-même, je n'y croyais pas.

Ma voisine ne fit aucun commentaire. Yao, se tournant brusquement vers moi, leva son verre et s'écria d'une voix rauque : « Buvons ! » Et il fit cul sec. Sa femme, toujours silencieuse, lui jeta un regard préoccupé tandis que lui se reversait aussitôt de l'alcool.

« Ne nous laissons pas aller à trop boire aujourd'hui, conseillai-je, mes propres limites sont rapidement atteintes et les tiennes ne sont pas indéfiniment extensibles, surtout le ventre vide.

— Ne t'inquiète pas, je ne m'enivrerai pas. Tu vas partir et nous ne savons pas quand nous nous rencontrerons à nouveau pour vider un verre, alors quelle importance si notre conduite est déraisonnable ! Mais prends quelque nourriture... » Et Yao saisit ses baguettes pour me donner l'exemple.

« Il fait très chaud, intervint madame Yao, mieux vaut boire avec modération.

— Non pas, rétorqua son mari, aujourd'hui j'ai le cœur lourd et j'ai besoin d'un peu d'alcool. »

Il s'adressa à nouveau à moi : « Li, agis comme bon te semble, tu n'as pas besoin de mes conseils. Moi, je n'ai pas envie de bavarder mais de boire. Ma femme te tiendra compagnie. » En disant cela, il avait les yeux secs mais son expression était poignante.

« Ne te tracasse pas et ne te soucie pas de moi, répondis-je, ces politesses ne sont pas de mise entre nous. J'habite ici depuis si longtemps que vous ne devriez plus me considérer comme un invité.

— Depuis longtemps ? Mais cela fait à peine quelques mois, observa madame Yao, monsieur Li, il faut que vous reveniez l'année prochaine. »

J'acquiesçai quand Yao me tendit brusquement la main et cria : « Li, mon vieux ! » Il était écarlate. Je lui tendis également la main, il la serra avec force et dit : « A l'année prochaine !

— A l'année prochaine ! » répétai-je ému.

Je remarquai à ce moment que les deux flacons d'alcool étaient vides alors que, moi-même, j'avais à peine bu un demi-verre.

« Voilà un ami sincère ! » s'écria-t-il en retirant sa main. A nouveau, il leva son verre et fit cul sec. Puis, avec un rire forcé, il dit à sa femme : « Ouvrons un autre flacon, appelle Lao Wen pour qu'il nous l'apporte.

— C'est assez. Tu dois t'arrêter », protesta

madame Yao tout en jetant un regard dans la direction du vieux domestique qui attendait leur décision.

« Sûrement pas. J'y vais moi-même ! » Repoussant sa chaise, il se leva, vacilla et se rattrapa en hâte à la table.

« Comment te sens-tu ? » s'écria sa femme. Sous l'effet de la surprise, elle se leva également et je l'imitai.

Yao retomba sur sa chaise et, avec un rire amer, constata : « Je suis ivre. »

Je remarquai ses yeux injectés de sang. « Tu devrais aller t'allonger. » Sur le moment, il ne répondit rien mais soudain, se prenant les cheveux à poignées, il hurla d'une vois rauque : « Je ne suis pas un criminel. Je n'ai fait de tort à personne. Alors pourquoi n'a-t-on pas retrouvé la dépouille de Petit Tigre ? Doit-il rester éternellement enseveli sous les eaux ? Moi, son père, je ne pourrai le supporter ! » et couvrant son visage de ses mains, il éclata en sanglots.

« Madame Yao, reconduisez-le, suggérai-je à voix basse, il est ivre. Dans un moment, il se sentira mieux. Ces deux derniers jours, il s'est surmené. Vous-même, devez vous ménager, vous venez juste de vous rétablir, il faut aller vous reposer.

— Bien ! Nous vous laissons, l'année prochaine... » Elle prononça seulement ces quelques mots mais, dans ses yeux noirs, je lus le regret que lui causait mon départ.

« Je reviendrai sans faute l'année prochaine », assurai-je avec émotion. Un sourire mélancolique flottait sur les lèvres de la jeune femme. Son regard semblait me dire : nous vous attendrons ! Elle se pencha vers son mari pour lui murmurer quelque chose. Yao cessa d'un coup ses gémissements, ôta ses mains de son visage et se leva. Il me tapa sur l'épaule de sa grosse patte et dit : « Demain matin, je t'accompagne à la gare. J'ai déjà commandé de bons pousse-pousse pour le lever du jour.

— Ne te donne pas ce mal. Mon bagage est léger, mon billet est pris et partir seul est plus facile. Tu t'es déjà trop dépensé ces derniers jours.

— Mais si, je t'y conduirai, reprit-il avec obstination, sois-en certain, j'irai. » Et, appuyé sur le bras de sa femme, il sortit du salon d'une démarche peu assurée. Craignant qu'il ne trébuchât en chemin, je demandai au domestique de suivre le couple.

Seul dans la grande pièce déserte, je pris un bol de riz et terminai mon verre. Lorsque Lao Wen revint débarrasser, il m'annonça que madame Yao l'avait autorisé à m'escorter à la gare. Je le remerciai de sa complaisance, mais il me fut impossible d'écouter, comme d'ordinaire, son bavardage. L'alcool embrumait mon cerveau, me rendait incapable d'ordonner mes pensées, mais détendu, je dormis merveilleusement.

Lorsque le domestique vint m'éveiller, l'aube chassait l'obscurité dans les recoins de ma chambre. Lao Wen m'apportait l'eau pour la toilette et me servit le petit déjeuner. Ma valise bouclée, il était cinq heures passées, et je décidai de me mettre en route pour attendre mon ami Yao. A ce moment, un chuchotement et un bruit de pas se firent entendre sous ma fenêtre. Je pensai que c'était Yao qui arrivait et sortit à sa rencontre.

Dès le seuil, j'aperçus madame Yao et belle-sœur Zhou.

« Madame Yao, vous vous êtes levée pour mon départ », m'écriai-je avec gratitude tout en pensant que Yao suivait les deux femmes.

« Nous avions craint de vous rater ! dit-elle soulagée, je vous prie d'excuser mon mari qui n'est pas en état de vous accompagner. Hier soir, il s'est enivré, ensuite il a été malade et maintenant, il est incapable de se lever.

— Madame Yao, ne vous confondez pas en excuses, tout ceci n'a aucune importance.

— Pour le moment, il dort profondément. Demain, il aura probablement récupéré ses forces. Il a reçu un tel choc ! Si vous saviez quel amour il portait à Petit Tigre ! Mentalement, il est très ébranlé et pendant deux jours, il a dû courir dans toutes les directions. Puis-je vous prier de lui écrire quand vous aurez un moment, cela lui fera tant de bien ?

— Je vous le promets.

— Merci, merci ! Ne manquez pas de nous envoyer de vos nouvelles », ajouta-t-elle avec affabilité, puis se tournant vers Lao Wen : « Le pousse-pousse est-il prêt ?

— Depuis longtemps, madame.

— Alors, monsieur Li, il ne faut plus tarder.

— J'y vais. »

J'avais remarqué que madame Yao tenait une enveloppe à la main. « Désirez-vous me confier cette lettre ? » lui demandai-je.

« Non, pas du tout, c'est notre photo de mariage. Mon mari m'a dit qu'il ne vous avait jamais envoyé de photographies de nous, et c'est pourquoi je l'ai apportée pour vous la remettre. N'oubliez pas que vous laissez ici deux amis qui seront toujours prêts à vous accueillir », conclut-elle avec un sourire et cette fois, je retrouvai sur ses lèvres ce sourire qui illuminait tout alentour.

Je lui exprimai ma reconnaissance mais n'osai ouvrir l'enveloppe pour jeter un coup d'œil sur son contenu, aussi glissai-je le tout dans ma poche.

Je serrai la main que madame Yao me tendait.

« Au revoir, je ne vous oublierai pas. Dites, je vous prie, bien des choses de ma part à mon ami Yao. »

Nous franchîmes tous quatre la porte du jardin, Lao Wen portait ma valise et belle-sœur Zhou suivait sa maîtresse.

Parvenu dans la cour, je priai madame Yao et sa servante de s'en retourner, mais la jeune femme refusa : « Pas avant que vous ne soyez installé dans votre pousse-pousse. Je suis ici pour représenter mon mari. »

Quand nous fûmes arrivés devant la porte cochère, au moment où je me préparais à grimper dans le véhicule, je l'entendis pousser un faible soupir et dire : « Comme je vous envie d'être libre de voyager. »

Je répondis brièvement : « En vérité, chacun évolue dans son propre univers. »

Le tireur m'emporta avec mon bagage tandis que le vieux Lao Wen partait à la recherche d'un pousse-pousse de rue. Lorsque nous tournâmes pour franchir la grande porte, je jetai un coup d'œil en arrière et j'aperçus près de la porte intérieure madame Yao en conversation avec belle-sœur Zhou. De la main, je leur fis un signe d'amitié puis, en un clin d'œil, la propriété et ses habitants disparurent de mon champ de vision.

Les grands caractères rouges du « Jardin du repos » regardaient toujours orgueilleusement au fronton de la porte. Ils m'avaient vu arriver et maintenant, ils me voyaient partir.

« Monsieur Li ! » Une voix aux accents familiers s'éleva derrière moi. Me détournant, je reconnus Laohan, le portier, qui cherchait à me rattraper. Je demandai au tireur de s'arrêter.

Le portier était tout essoufflé. Parvenu à ma hauteur, il passa la main sur son crâne chauve. « Monsieur Li, vous revenez l'année prochaine, c'est bien sûr ? » Il était très rouge, bégayait et sa barbe blanche tremblait dans la lumière du matin.

« C'est sûr ! » répondis-je touché.

Le tireur reprit sa course. Quand nous passâmes devant le temple du dieu Renard, Lao Wen venait de trouver un pousse-pousse à louer.

Ce temple que j'avais si souvent fréquenté était depuis quatre ou cinq jours en voie de démolition pour céder la place à je ne sais quel monument commémoratif, si bien que le seul spectacle qui s'offrit à ma vue fut un amoncellement de briques.

POSTFACE

Au moment où je commençais la rédaction de ce roman, un journal de Guiyang répandit le bruit que je renonçais à la littérature pour m'adonner au commerce. J'aurais dû suivre cet avis, je n'en fis rien. Non pas que j'estime la profession d'écrivain plus noble que celle de commerçant, ma seule raison était mon peu de goût pour l'argent.

La richesse ne m'apporterait rien. L'idéal seul peut remplir ma vie. L'argent est semblable à la neige, il s'accumule lentement et fond vite.

Comme je le montre dans ce roman, les vastes propriétés et les beaux jardins changent souvent de mains. Les fortunes ne se maintiennent pas même un siècle ! Par contre, l'idéal et la foi, bien que certains les prennent pour des notions incertaines ou vides de sens, ne s'altèrent pas.

Ce roman est mon œuvre mais je n'y ai rien mis de neuf ni d'original. D'autres ont déjà tenu les mêmes discours que mes héros :

« Réconforter, essuyer les larmes, faire renaître le sourire. »

« Nous sommes liés aux autres, un sourire me rend heureux, des larmes m'affligent. En ce monde, j'aperçois tant de souffrances et d'infortune mais davantage d'amour encore. »

« Cela réchauffe le cœur comme une journée de printemps. En définitive, la vie est une belle aventure. »

Tout cela a été déjà dit des milliers de fois par des milliers de gens. Cela me réjouit d'être en mesure de le répéter une fois de plus et d'apprendre à tous (y compris à ce journaliste de Guiyang) que l'homme ne se nourrit pas de billets de banque et, qu'au-delà de sa course aux richesses, il y a plus important, infiniment plus important.

Bajin, juillet 1944.

Transcription Pinyin *des mots chinois*	*Prononciation* *approximative*
Bai Juyi	P'aïl Tu yi
Chen fu	Tche'n fou
Ganxu	Ca'n chu
Gengwu	Keun'g (w)ou
Guilin	Kouei li'n
Guiyang	Kouei yan(g)
Hengyang	Rr'eun'g yan(g)
Hunan	Rr'ou na'n
Jiading	Tia tin'g
Kuai	Kou-aïl
Lao Li	Lao Li
Lao Wen	Lao (W)e'n
Li Laohan	Li Lao rr'a'n
Lin Yutang	Li'n Yu tan(g)
Luo	Louo
Minghuang	Ming rr'ouan(g)
Nanyang	Na'n yan(g)
Qingyun	Tchingyu'n
Qu Yuan	Tchu Yue'n
Rongguang	Jon(g) kouan(g)
Shaoxing	Chaochin'g
Songshi	Son'gchi

Transcription Pinyin des mots chinois	Prononciation approximative
Tang	Tan(g)
Wan Zhaohua	(W)a'n Tchaorr'oua
Yang	Yan(g)
Yang Guifei	Yan(g) Koueifé
Yang Mengchi	Yan(g) Mong tché
Yangzi	Yan(g) tze
Yao	Yao
Yao Guochen	Yao Kouotche'n
Yuan	Yue'n
Zhaohua	Tchao Rr'oua
Zhao Qingyun	Tchao Tchingyu'n
Zhu Geliang	Tch'ou Kelian(g)
Zhou	Tch'o

Impression Bussière à Saint-Amand (Cher),
le 22 décembre 1986.
Dépôt légal : décembre 1986.
1ᵉʳ dépôt légal dans la collection : avril 1981.
Numéro d'imprimeur : 3504.
ISBN 2-07-037275-8./Imprimé en France.